余生と厭世

Agathe
Anne Cathrine Bomann

アネ・カトリーネ・ボーマン
木村由利子訳

早川書房

余生と厭世

AGATHE

by

Anne Cathrine Bomann

Translated by

Yuriko Kimura

First published 2020 in Japan by

Hayakawa Publishing, Inc.

This book is published in Japan by

arrangement with

Grand Agency, Sweden

through The English Agency (Japan) Ltd.

装幀／三木俊一（文京図案室）

数える

七二歳で退職するとすれば、残された時間はあと五か月だ。言い換えれば二二週であり、患者が全員休まず来院するとして、残りの面接はあときっかり八〇〇回。予約の取消や病欠などがあれば、その数は当然減る。とりあえずそれが慰めではあった。

窓ガラス

そのことがあったのは、居間に座って窓の外をながめていた時のことだった。春の太陽が部屋のカーペットに四つ並びの矩形を投げかけ、それがじりじりと、だが着実に私の足元向かって移動してきていた。かたわらには、もう何年も開こうとは思いつつ、まだフランス綴じのページをカットしてもいない『嘔吐』の初版が置きっぱなしだ。

その女の子の足はひょろひょろで青白く、こんな早い季節によくもスカートで出してもらえたものだと、私は驚いていた。女の子は道に石蹴りの枠を描きつけ、真剣極まりない表情で跳んでいた。まず片足、次に両足、その次は最初と違う足で。髪の毛は二つに分けて結んである。年は七歳くらいで、この通りの四番地に、母親と姉とともに暮らしている子だ。

はたから見ればこの私は悟りきった孤高の男で、日がな一日窓辺に座り、石蹴りや床を移動する太陽光などより遥かに深甚な思索にふけっていると思われるかもしれない。だがおあいにく。実を言えばこうして座っているのも、他にすることがないからで、だからきわめて難しい組み合わせの跳び方に女の子が成功した時、幾度かここまで届いた歓喜の叫び声に、何というか生きがいをもらえるような気がした。

　途中で紅茶を淹れるために席を立ち、戻ってみると、女の子はいなくなっていた。別のもっと面白い遊びを見つけたのだろうと思った。チョークも石も道に放り出したままだったから。


　いや、ちょっと待て。紅茶を冷まそうと窓がまちにカップを置き、膝にナプキンを広げた時、視界の端で何かが落ちた気がした。同時に耳をつんざくような悲鳴が聞こえたので、私はぎくしゃくと老骨に鞭打って立ち上がり、窓のすぐそばまで歩み寄った。女の子は少し先の右手の道路の、池へとつづく細道の起点にある、一本の木の根方に倒れていた。ふと見ると木の枝に猫が一匹うずくまり、しっぽを振っている。再び木の下に目を戻すと、女の子は幹に背をあずけて半身を起こし、くるぶしをかかえてしゃくりあげていた。

　私は首をひっこめた。かけつけてやるべきだろうか。自分は幼い頃しか子供としゃべったことがないし、それだって数えるほどだ。突然見も知らぬ男が現れて慰めたりしたら、余計に怖がらせてしまうのではあるまいか。もう一度外を盗み見た。女の子は泣き濡れた顔を上げたまま、地面に座り込んでいる。その目はこの建物の先の、道路を見据えている。

　誰にも見られなくて良かったと思う。あの人はたしか医者なのに、なぜ何もしないでぼんやり眺めているのだろう、と言われたに決まっているから。だからティーカップを取り上げて、キッチンに入り、テーブルについた。あの子はすぐに立ち上がり、足を引きずりながら家に帰っていくだろうから、何も問題ないのだと自分に言い聞かせながらも、見られたくなくてキッチンに隠れ住む人のように、何時間もひたすらじっとしていた。紅茶が冷めて濁り、闇が訪れてから、ようやくこっそりと居間に戻り、カーテンに半ば隠れながら、道路の様子をうかがった。当然女の子は姿を消していた。

名残

マダム・シューリューグは、採用されて以来、毎朝例外なく同じ態度で私を迎える。来る日も来る日も、さながら玉座につく女王のごとくマホガニーのデスク前に鎮座していて、私が室内に足を踏み入れると、立ち上がってステッキとコートを受け取り、その間に私はフック並びの上の棚に帽子を置く。そしてマダムは本日の予定を述べたて、最後に、ふだんはデスクの後ろに並ぶ大型の書類棚に整然と分類されているカルテを一束渡してよこす。私たちは二言三言言葉をかわし、それ以後はふつう一二時四五分に近所の気どらないレストランに昼食をとりに外に出るまで、顔を見ることはない。

オフィスに戻るとマダムは出て行く前と寸分たがわぬ様子でいるので、全然ものを食べないのかと疑うことがある。食べ物の匂いもせず、デスクの下にパンくず一かけ落ちていたことがない。マダム・シューリューグは生きるために滋養を必要としないのだろうか？

あるドイツ人女性が電話をしてきて、予約を取るために立ち寄りたいと言ったそうだ。

今朝マダムにそう告げられた。

「その方についてデュラン先生に問い合わせてみました。どうやら何年も前に重度の躁病と自殺未遂とで、サン・ステファーヌ病院に入っていたようです」

「却下します」私は答えた。「お断りさせていただこう。治療には何年もかかるだろうから」

「デュラン先生も、再入院させたほうが良いとのお考えでしたが、そのご婦人はどうしても先生に診ていただきたいとおっしゃるんです。予定表に割り込ませるのは可能ですけど?」

マダム・シューリューグがどうでしょうと言いたげな目を向けたが、私は首を横に振った。

「いや、だめだ。申し訳ないが、その女性に、他を当たってもらうよう伝えてください」

引退する時点で、私は半世紀近く仕事に励んできたことになる。もう十分以上だ。新しい患者など、つつしんでご遠慮申し上げたい。

マダム・シューリューグは常より一拍分長く私を見つめたものの、それ以上粘ることもなく、本日の予定に話を戻した。

「ありがとう。助かります」私はカルテの束を受け取り、診察室に入った。診察室は、マダム・シューリューグが君臨し、患者たちが順番を待つ大きな待合室の、はるか奥に位置している。だから秘書であるマダムがタイプする音や、彼女と患者たちの会話に仕事を邪魔されることもない。

最初の患者、マダム・ゲンズブールという名のおよそ水気のない女は丁度来たところで、マダム・シューリューグが時折補充する雑誌の一冊をめくっていた。私はいつもより重めのため息を漏らし、この後面接はたった七五三回だからと、自分に言い聞かせた。

その日の予定は滞りなく進んでいったが、それも昼食後診察室に戻るまでだった。私はドアのすぐ内側にいた、死人のように青ざめて、濃い色の髪の女にぶつかりそうになり、失礼をわびる羽目になった。女はがりがりにやせていて、やつれた顔に目ばかりが大きかった。

「大丈夫です。邪魔なところにいた私が悪いんです」女は言うと、部屋のさらに奥に入ってきた。「お時間を頂きたくてまいりました」

明らかな外国語なまりがあったので、これが例のドイツ人女性なのだとわかった。サン・ステファーヌ病院のロゴが付いた書類入れを胸にかかえている。

「遺憾ながら、ご希望には添いかねます」私は答えたのに、女はずいと一歩近寄り、すがるように言った。

「どうしてもお時間をとっていただきたいのです。ご無理を言うのは心苦しいですが、もう他に行くところがありません。お願いですから助けてください」

私はたじたじと後ずさった。女の茶色い眼は熱に浮かされたようにぎらつき、そのまなざしの強さに、がっしりとしがみつかれた気がした。再び彼女を振りきるにはなまなかでない戦いが必要であり、今の私にはそれに費やす時間も体力もなかった。私はマダム・シューリューグに合図を送りながら、無理やり愛想笑いを浮かべようとした。

「どうしてもこちらでということでしたら」私は言いながら、女の横を回りこんだ。「秘書が詳細についてご説明します」

そもそもこの女が現れたのは、マダム・シューリューグのせいなのだから、改めて追い払うのも彼女の役割と言えよう。

やり過ごすと、ありがたいことにデスクのマダム・シューリューグに近づいていってくれたので、私は目で合図を送りながら、女をそこに置き去りにした。

我が秘書は左眉を数ミリ持ち上げた。

「マダム・シューリューグ、この方をお任せしてよろしいかな?」そう頼むと、それでは、とぎこちなくうなずきかけ、そそくさと安全な診察室へ避難した。

だが青ざめた女の姿は私の中に居座り続け、その日は一日中彼女の香水の名残が空中に漂い、オフィスのドアを開けるたびにその香りがほこりのように渦巻く心地がした。

騒音

取り替える気にもなれない錆びた濾過《ろか》板を通過する水のように、私の中を時が過ぎていった。どんよりと雨もようのある灰色の午後、例の新患予約の一件のひっかかりもなく、患者七人との面接を終え、帰宅まであと一人を残すのみになった。

マダム・アルメイダを先にオフィスに通しながら、私は秘書にちらと目をやった。彼女は整頓の行き届いたデスクを前にひっそりと座り、天板にひたと目をすえていた。卓上ランプが背後の壁に彼女の影を刻みつけている。彼女が心ここにあらずという表情をしていたので、一瞬言葉をかけるべきか思案したほどだ。だが何を言えばいい？　結局私はドアを閉め、患者に向き直った。

マダム・アルメイダは私より頭一つ分ほど背が高く、おかげでいつも気圧される印象の女なのだが、彼女は部屋に入ると厄介物のように傘と雨合羽を片付け、ソファーに座った。ゲロ色のスカートのシワを伸ばし、鷲鼻の先にようやくひっかかった小さい眼鏡越しに、私を値踏みした。

「恐ろしい一週間でしたわ、先生」マダムは嘆きながら姿勢を正した。「いらいらしっぱなしで。断言してもよろしいですけど、神経がまいってますの。ベルナールにもそう申しました。ベルナール、あなたが一日中椅子でごろごろしていると、頭にくるわ、って」

マダム・アルメイダはいつも苛立っていて、生まれてこの方穏やかな時期のあった例《ためし》がない。セラピーの効果など何一つないと思っているようなのに、なおかつ週に二回律儀にお出ましになり、私に苦情をぶつける。生き方を改めればとほのめかすだけで憤慨するので、正直言ってなぜわざわざ治療に来るのか、理解に苦しむ。ふだんはマダムにしゃべりたいだけしゃべらせておき、時たまヒントを示したり、説明を試みたりするのだが、いつも完全に黙殺される。

「……そしたらその女ったら、先週から私が三フラン借りたままだと申しますの。そんな失礼な話ってあるとお思いになります？　胸をぐさりと刺されたようで、店の真ん中であやうく発作を起こすところでしたわ。だから言ってやりましたの……」

長年の訓練の結果、私は耳をお留守にしたまま的確な場所であいづちを打つ技術を会得していた。幸運な場合は、マダムが退室するまで一言も発しない。

手元を見ると、苛立ちのあまり、鉛筆の芯で紙を突き通していた。気分を変えて、いつもの鳥のいたずら書きにかかった。

「私は細やかな神経の持ち主ですけど、無礼には我慢できませんの、ほんとうに」マダム・アルメイダは叫ばんばかりだった。外では雨が激しく降っていて、窓ガラス越しにものの輪郭はぼやけてしか見えず、しかもガラスに打ち付ける雨音のせいで、患者の声は常よりさらに高くなった。だがこの場合は超然としているべきだろう、と私はさじを投げ、明らかに薄くなりつつある、彼女の頭頂部に意識を集中した。彼女が薄毛になりかけていること、だがご本人はまだまだそれに気づかないであろうことを思うと、なんだか嬉しくなって、落書きにそいつを付け加え始めた。想像してみる。ある日彼女が鏡と窓ガラスに反射しあう後頭部に目を留め、ずんぐりした指であたふたとそのあたりをまさぐり、髪を分け広げて、頭皮を露出させて悲鳴をあげるのだ。「ベルナール！　あなたどうして何も言ってくれなかったの、ベルナール！」そのようにして、人生の一時間がとりあえず消えた。マダム・アルメイダは今日の礼を言い、私はドアを押さえながら、毛のないダチョウの絵を見られないようにさりげなくノートを裏返した。

残りは六八八回。六八八回はまだ多すぎる。

教えてもらえなかったこと

それから数日後の朝、私は今日の予定を述べるマダム・シューリューグを思わず遮った。

「え。何だって？　結局あのドイツ人女性の予約を受けたと？」

するとマダムは力強く首を縦に振った。

「はい、何と申しますか非常に熱心でいらしたので。ぜひ治療を受けたいと心に決めていらして、それも先生の評判を耳にされていたからのようなのです」

私は鼻を鳴らした。だからといってそれが私の意向にそむいてもいい理由になるというのか。

「先生があと半年しかおられないことは、説明いたしました。そのことは完全にご理解いただきましたので、お断りするのもばかげていると考えた次第です」

たしかにそうだ。そのドイツ人女性が本当に半年でも納得だというのなら、彼女を受け入れても道義には反しないし、むしろ臨時収入を喜ぶべきなのだ。それでもいらいらを振り落とすことができなかった。マダム・シューリューグは、私の明らかな願いに反して、切りをつけようとしているわがセラピスト人生に、さらに一人患者を押しこむ気になどよくもなれたものだ。

しかしどうもAgathe《アガッツ》 Zimmermann《ジンメールマン》という名前らしいその女は、既に明日の午後三時に予約を入れているらしく、今さらどうにかできるとは思えなかった。

その日の最後の患者が診察室を去り、待合室に出て行くと、マダム・シューリューグが退勤の準備をしていた。マダムは何かを探すような目で私を見て、たいへんな一日でしたかと尋ねた。私は肩をすくめ、これまでと同じようなものだと答えた。今もってマダムに腹を立てていたのだが、彼女が荷物をまとめきり、上着を着るまで待ち、ドアを押さえてやった。

「恐れいります」マダムは言い、ほとんど感じられないほどのこぬか雨の中に足を踏み出した。

私はうなずき、ドアに鍵をかけた。

「いやいや。お疲れ様」

「先生もお疲れ様でした。明日もよろしく」

帰宅の際私の足は、二種類の道へ私を運んでいく。一つの道はとりあえず私を家まで連れ帰ってくれ、帰宅した私は適量のパンを食べ、上等の椅子に座ってフットレストに足を載せ、バッハを聞きながら夜の訪れを迎える。もう一つの道は不安に満ち、成長痛を抱えていた子供時代を思い出させる。当時私は膝の痛みに耐えかねて泣いていたのに、父は製作中の絵からろくに目も上げずに、言ったものだ。「大人になりかけているというだけだ。そのうち治る」

あの頃の足は旅に焦がれていたのかもしれない。だが結局パリより先に行くことはなく、国境を越えることもなかった。近頃では寄る年波だから、もうそんな機会にも恵まれるまい。そして痛みは止むことがない。

何であれどちらの道を選ぶか決めるのは私自身なので、私は足を引きずりながら夕暮れの冷気の中をロゼット通り九番地の門にたどりついた。あたりは掘り返したばかりの土がここぞと香っていた。ご近所の大半は花壇をこしらえ、何時間もかけて種を蒔いたり草抜きをしたりする。私はといえば、まるで草の海に浮かぶ丸いしみのような、苔の島々を育てている。

食事を終えた後は、バイオリン協奏曲の優しい波が周囲の空間を綿のようにくるむ中、私はある思いのとりことなる。その思いは近頃どんどん私の中に入りこんでくる。もうおなじみの思いであり、結果鬱々と心沈むことがわかっているのに、私はその思いを迎え入れる。何というか、ここにたった一人すわりこみ、自分を憐れみたくてたまらないのだ。始まりはいつもこうだ。なぜなのだ、年老いた時に肉体にどんな変化が起きるか、誰も教えてくれなかったのは？　痛む節々やたるんだ皮膚やかすみ目について、教えてくれなかったのは？　苦々しさが押し寄せる中で私は思う。老いとは言うなれば、人の自我と肉体との差が大きく大きく広がっていき、やがて全く異次元のものに成り果てるまでを見守ることなのだと。いったいそこに美しさや自然らしさがあるものだろうか。

レコードが終わり、静寂に包まれて室内にぽつんと取り残されたとたん、死に至る一撃が襲いかかる。逃れるすべはない。私は斃《たお》れるその時まで、この危うい灰色の牢獄で暮らすしかないのだ。

一九三五年六月二一日
モンペリエ
サン・ステファーヌ病院

アガッツ・ジンメールマン　所見

今朝方の入院以降患者との意思疎通が困難であるため、以下の所見は患者の旧カルテからの部分的引用による。

既往歴

二五歳。既婚。ドイツ人。女性。一九二九年留学のため来仏。一五歳時より自傷行為及び自殺企図の徴候があり、青年期に現地医ヴァインリヒ博士の観察下に置かれた。

患者は裕福な家庭に生まれ、家族は父、母、二歳年下の妹。家族に精神疾患の傾向はない。唯一の例外は父方のおばであり、この者は成人期の大部分をウィーンの精神病院で過ごした。父親は視覚障害者だが経済的に自立した職業人で、母親は専業主婦である。

現況

患者は本日深甚な孤独感及び自殺念慮を訴え主治医に相談のため来院の後入院に至る。ただし入院自体には抵抗。精神不安並びに興奮の症状を示し、拘束に至る。血色悪く、栄養不良。顔面に掻き傷、また髪を引き抜いた形跡あり。患者とは意思疎通が困難。一人にされると泣き喚く。アレルギー症状、徴候なし。

治療計画

精神疾患（早発性痴呆）の可能性。数日間要観察。必要に応じエーテル乃至《ないし》抱水クロラール処方（就寝前二〇㎎）。

担当医　M・デュラン

アガッツ　I

「またお目にかかりましたね。お入りください、マダム・ジンメールマン」私は挨拶しながら彼女の恐ろしく冷たい手を取った。茶色のスカートと、やせこけた体に二サイズは大きすぎるように見える、黒のくったりしたタートルネックのブラウスを着ている。先日の激しい眼差しは消え、今の様子を見ると彼女がデュラン医師とマダム・シューリューグをどうやって翻意させ得たか理解し難い。

もしかしたら彼女から逃れるすべがあるのではないか？

「ソファーでくつろいでください」私は緑色のソファーを示し、自らは深い革椅子に腰をおろした。椅子の茶色の座部は擦り切れてつるつるで、あちこちが黒くなっている。

「ありがとうございます。ところでまずは私をマダム・ジンメールマンと呼ぶのをやめていただけませんか？　どうかアガッツと呼んでください」

通常既婚の患者をファーストネームで呼ぶことはないが、ここは言われた通りにして差支えあるまい。「ご希望通りに」

彼女はちらと微笑むと、室内を見回した。ソファーと肘掛け椅子を除けばデスクと事務椅子、かつて収集し熱心に読みふけった本がぎっしりの本棚が二台、それだけだ。それから彼女はおずおずと腰を下ろし、向きを確かめ、ようやくソファーに背を預けた。

「けっこう。それはそうと、他の場所で受診されるよう、改めてお勧めしたいと思います」私は始めた。「ご存じのように私は今から半年足らずで退職しますし、正直に申してそれだけの短期間であなたを治療できそうにありません。最後まで付き合える他の医師を探されるほうが得策ですよ。例えばパリ市内の医師とか」

アガッツはがばと身を起こし、大声を上げた。「余計なお世話です！　私は入院も薬物治療もごめんです。話を聞いていただく相手が必要なので、それは先生しかないとの結論に達しました」彼女は顎を突き出し、はったと睨みつけた。追い払う気なら髪をつかんで引きずり出しなさいよと、その目は言っていた。私はため息をついてうなずいた。

「本気でそうお望みでしたら」

「本気ですとも」

「なるほど。必要になれば、面接期間が終わった時点で、同僚を紹介しましょう」そんなことはどうでもいい、というふうに彼女は肩をすくめ、再び横になった。それから素早い動きで鼻の下をぬぐった。そこから何も言わなかった。

「それではこうしましょう」私は言った。「とりあえず面接は週に二回、火曜日の午後三時と金曜日の午後四時から、各一時間。費用は一時間あたり三〇フランです。来院できなくなった場合は、その旨お知らせください。ただしその場合もう当院での面接をやめると決心されるまで、時間分は請求させていただきます」

彼女はうなずいた。またもや時たま鼻をくすぐる香辛料のそよぎのような、香水の香りが感じられた。この香りは何を思い出させるのだろう。

「けっこう。心に浮かんだことごとを、安心してお話しいただいて大丈夫です。沈黙と嘘は治療を遅らせるだけであり、ここでの話の内容は、何一つ外にもれません」

そして私はいつものように、患者を会話に誘い込むせりふで、語りを締めた。「ではあなたを悩ませている問題について、もう少し聞かせていただけませんか」

アガッツはためらい、目を少しせばめた。

「私がここに来ましたのは」彼女は明らかな外国語なまりで話し出した。慎重なしゃべり方のせいで、単語の綴りがくっきりと浮かぶようだった。「また生きる気力を失ってしまったからです。幸せになれるなどとの幻想は持っていませんが、できれば人生を続けていきたいのです」

奇跡を求めない人間が相手とは、なんとも珍しいことだ。たいていの患者は、幸福でつながない人生を送るための助けを請い願うものだからだが、私の商品リストにはそれが抜けている。

「ではあなたの人生を続けることへの障害とは、何なのでしょう」と私は尋ねた。

アガッツは自分の症状の説明を始めた。頭痛がし、湿疹が出る。しょっちゅう泣き出してしまい、突発的で激しい怒りの発作に見舞われる。眠りすぎるか、または全く眠れず、そのせいで市内の会計事務所での簿記係という職をついに続けられなくなった。数週間前に病気休暇を取って以来、ほとんどの時間を泣き暮らすか、夫のジュリアンに当たり散らすか、ベッドで丸まっている。私は上の空で愚痴を聞きながら、彼女の放つ香りはいったい何か突き止めようとしていた。

「幾度かは」と彼女はぼんやりした声で言った。「自分自身を血まみれになるほどかきむしりたい、二目と見られないほどめちゃくちゃにしたい、と考えました」

過激な言葉とは裏腹の、完全な無表情は衝撃的だった。

「え？」

「どうしようもなく顔を傷つけたかったのです。私には人並みの顔を持つ価値などありません」

「別人になりたいのですか？」質問したが、彼女は首を振った。

「いいえ。ただ消えてしまいたいのです」

私はノートに短くメモして、再びため息をついた。予想通りだ。彼女は深く病んでいる。そして残り数か月となった在職期間中、私が彼女を救うことなど絶対に無理だ。私は手前勝手な秘書を恨んだ。私なら心を救ってくれると思い込んでしまったらしい、この頑固な、精神に問題のある女にかかわったのも、秘書のせいだからだ。

「そうなのですね」心の内は見せず私は言った。「ではあなたの治療に最善を尽くしましょう。今日はここまでにして、次は金曜日の午後四時にお待ちしています」

「ありがとうございます、先生」アガッツは真摯に言い、別れの握手をした。「とても心強いです」

一九三五年八月二〇日
モンペリエ
サン・ステファーヌ病院

アガッツ・ジンメールマン　所見

患者は本日午前八時一二分、カミソリによる自殺未遂を阻止された。カミソリを入手した経緯は不明。右手首を切りつけた段階でリネー看護師に発見され、絹糸で八針縫合。抜糸は一〇〜一四日後の予定。

現在も拘束中であり、興奮状態の沈静化まで継続予定。

最初の治療にエーテル、その後六月二一日の入院以後同様電気痙攣療法を実施。泣く状態は以前より減少するも、単発的ヒステリー発作を除けば、意思疎通に関してはおおむね鈍く、無反応に近い。明白な精神病の症状は見られず、躁鬱病的徴候がある。

治療計画

夜間時また発作時にはエーテル及び電気痙攣療法を継続。外出及び面会不許可。監督下での食事時以外は身体拘束を維持。患者の食欲不振状態が改善されない場合にはチューブ栄養法を使用。

担当医　M・デュラン

姿なき隣人

私の隣人はピアノを弾く。度々弾くわけではなく、いつも同じ曲で、実際には譜面が読めず、耳で覚えた唯一のメロディーをおぼつかなげに演奏している感じだ。曲名はわからないが、いつしか気に入ってしまい、食事の後片付けや紅茶用の湯を沸かしているときなど、ちょくちょく音に合わせてハミングするようになっていた。

診察室でのひたすら長く無意味な一日を過ごしたある日、私は壁の向こうから聞こえるのたのたした指使いにあやされ、椅子に座ったままはやばやと眠りに落ちた。壁は隣と隔てる役割を十分に果たさない代わりに、親《ちか》しさを伝えてくれる。私たちは知り合いと言っていい。彼と私とは。長年にわたって隣同士暮らしてきた結果、些細な音まで考えずとも意味がわかる日常になった。――おや、寝る前の、定例の最後の洗面所詣でだ、とか、ああ、起きて教会に行く用意ができたな、とか。最初は上機嫌だったのに、悲しく虚ろな気分になったな、とか。こういうことを全て彼の鍵盤を触る動きや、生活の気配の合間合間から聞き取れるのだ、と私は信じている。ある週末に壁の向こうから物音一つ聞こえないことがあり、私はどんどん不安になっていった。このままでは隣を訪ねてドアをノックする羽目になりかねないと思うと、恐ろしくてたまらず、だからようやくドアが開く音がし、隣人がまだ生きているとわかって、心からほっとしたのだった。

もしも道で出会っても、その人が隣人だとわかるかどうか、はなはだ疑わしい。何しろ私はたいてい思いにふけりながら歩いているし、たとえ注意を外に向けたくても、いったいどこを見ればいいのかわからない。彼は背が高いのか低いのか。まだ髪は残っているのか。見当もつかない。だが彼のリズムなら、暮らしの中での動きなら、知っているし、聞き分けられる。私は彼とのつながりの深さを感じるし、知るすべがないとはいえ、向こうも同様だろうと確信する。私が台所のレンガ床にコップを落としたり、めったにないことだが歌ったりすると、隣人が思い浮かぶ。もしかしたら相手が壁の向こうで、首を傾げて聞いているかもしれない。もしかしたらいつの日かうちのドアをノックして、あなたは何者かと聞くかもしれない。

そう、私は実際そう考えている。変だと思われるのはわかっているが、私は自分が孤独な男だと承知しているから、隣人が姿の見えない友以上になりうる可能性など、考えたこともない。そもそもこの現実世界で、二人に共通点があるはずなどないのでは？　我々二人はもともと割り当てられた役を演じている。つまりほとんどが顔見知りでさえない二万の人間が住む街で、たまたま同じ建物に存在する二人の人間という役を。

これまで私は日課を変えるタイプではなかったし、たとえうちから隣人のゲートまでわずか一二メートルであっても、わざわざそこまで足を運びはしない。

アガッツ　Ⅱ

「まるでよくあるかばんを持って歩き回っているような感じなのです。ほら、女の子がおもちゃを詰め込むような小さいかばんです」

　私はうながすようにうなった。

「かばんは閉めてあって、私は開かないようそれをしっかり抱きしめています。まわりの人たちはかばんを見て、きっと中にあらゆるもの——知識や才能や技能などというもの、が詰まっているのだと想像しますが、閉めてあるのだから真実を知る人は一人もいません。ところが私は突然つまずき、かばんを落としたので、かばんは開いてしまい、そのとたんに悲惨な事実がだれの目にも明らかになります。かばんはからっぽでした。中には全然何も入っていなかったのです」

　アガッツは話す間、胸の下に両手を組んであお向けに寝そべり、目を大きく見開いていた。彼女の斜め後ろの私の位置からは、姿を見られずくつろいで腰掛けながら、向こうの細かい動きを逐一観察できる。彼女の黒いまつげがわずかに震え、胸は規則正しく上下に波打っているが、他には何の動きもない。声はよく響き、よどみなく流れる。

「ふうむ」と私は再びうなる。この、何も強要しない遠慮がちな音が、しばしば狙い以上に患者の舌を滑らかにさせるのだ。

「恐ろしいことです！」彼女の声に力がこもり、高まる。「私は裏切り者のような気分です。今にもばれるか知れない。問題はただ、誰にいつばれるかだけです。そこで私は家のベッドに入って、そしたら突然一週間たっていました」

私は自分の取るべき方法を模索する。このまま彼女にしゃべらせ続けるか。質問を出すか、介入するか。だが説得力のある言葉を思いつけなかったので、こう尋ねた。「あなたのかばんの中身を承知している人は誰も居ないのですか？　例えばご主人などは？」

「ジュリアンと私の関係は複雑なのです」

「なるほど」手探りで別の方法を取ることにする。「もしもあなた自身がかばんを開けるか、でなければ家に置き放しにして、今のように外出したら、どうなるのでしょう？」

彼女は笑ったが、楽しさのかけらも感じとれない、押し殺した平板な声だった。

「そうしたら、先生、私も消えたと同然です。かばんは私の持つ全てなのです」

かばんがらみの話はもううんざりで、私の膝は痛み、こめかみの後ろがじんじんした。

アガッツを刺激しないように、目立たないよう、何度か足を曲げ伸ばしした。効果があった。あと一七分経ったら、彼女をドアから送り出し、順調にありがたくゼロに近づいていく本日の残り数字をことほげる。

「あなたがかばんに隠していると思われそうなものの話を、もう少ししてください、アガッツ」気の乗らない口調でうながしながら、私はノートの惨めそうな雀の落書きに、折れた翼を描き加えた。

睡蓮

私の仕事で最悪なのは、誰かを亡くした人間と話すことだ。深刻な不安状態や不本意な思春期を引きずる患者たちを扱うほうが、いつだって得意なのだ。死というものは手のちょうがないし、悲しみに沈む患者をどう扱うべきかに関しては、途方に暮れるしかない。

とはいえ半世紀に渡り開業していれば、そういう事態は避けられないわけで、ある日のことムッシュ・アンセル＝アンリは、これまでの治療で初めて遅刻した。アンセル＝アンリは強迫観念に苦しみ、通常彼個人については何も明かさない。時間通りに来ては去り、聞かれた質問に答え、背広上下は、こわばった彼の肉体そのものの延長のようなぴしりとしたオーダーメイドで、シミ一つない。だがこの日は違った。

「申し訳ありません、先生」およそ二〇分遅刻してのろのろと診察室に入り、ソファーにくずおれながら、彼はつぶやいた。

「ああ、どうぞ、ムッシュ。今日はお目にかかれないかと諦めかけていました」言いながら私は、アンセル＝アンリは病気かと疑った。服を着たまま寝て、寝起きのままここに来たような姿だ。明らかに髪もとかさず髭をそってもいない。

その時彼はむせび泣き始めた。

「いったいどうされました？」私が聞いても彼は首を振るばかりで、両手で顔をおおってしまった。全身が無秩序にひくひくひきつっている。私はまず彼を、つぎに閉ざされたドアを見て、マダム・シューリューグを呼びたい衝動に駆られた。マダムならこの際どうすればいいか、知っているはずだ。明らかに、心理分析などより女性の世話を必要とする事案だ。

後先も考えずに私は立ち上がり、本棚の木箱からナプキンを取り出した。

それから咳払いをして言った。「具合が悪いのはわかります。ただ何があったか話してくださらなければ、手を貸そうにもできません」

最初は答える気配がなかったが、やがて彼はわずかに首を上げた。

「マリーヌが、死に、ました」すすり泣きの合間を縫って、言葉が切れ切れに聞こえた。

「き、のう、亡くなり、ました」

マリーヌはアンセル＝アンリの妻で、彼が好いているこの世で唯一の人間だった。他のあらゆる人間にとって彼は四角四面すぎで、打ち解けなかったが、マリーヌはどういうわけか彼の鎧の中に入り込めたのだった。

私の患者は背筋を伸ばし、ナプキンを受け取って目をぬぐうと、勢いよく鼻をかんだ。それから少し困ったように目をぱちぱちさせてから、ようやくちゃんと私を見た。私はその目を見返したが、何を言えばいいかわからなかった。私は何を期待されているのだろう。両手が膝の上でおびえた獣のようにもぞもぞしたので、右手で左手を掴み、ぎゅっと押さえた。

「お気の毒です」私は言った。

彼はうなずいたが、私から視線を外さなかった。私の葛藤が彼には見えるだろうか。どうすれば彼を救えるか見当もつかないでいるのが、一目瞭然だろうか？

「今のあなたのように深い悲しみに襲われた方は過去への退行現象を起こしがちだと、一般に知られています」話しだした私は、自分がどんどん早口になっていくのに気づいていた。「恐らくあなたは、常より怒りっぽくなるか、またはしばらく日常のあれこれに関心がなくなるでしょう。全く自然なことで、気に病む必要はありません。いつか過ぎることです」私は励ますように見えるはずの笑みを送った。「全て過ぎ去り、元通りになります」

アンセル＝アンリは眉間にシワを寄せた。私はとても目を合わせていられなくなり、思いつきの言葉をいくつか書きつけたノートに目を落とした。

「妻は三日後に埋葬されます。私が愛したと言えるたった一人の人間が死にました」涙でうるみきった声が決壊した。「なのに先生は、いつか過ぎ去るとおっしゃる」

とたんに私の口はからからに乾き、上顎に張り付いた舌が離れにくくなった。

「そういう意味で言ったのではありません」何とか言葉を絞り出した。「本当に心からお悔やみ申し上げます、ムッシュ」それ以上は無理だった。私は両腕を広げた。「落ち着かれるまで、面接を延期してはどうでしょうか」


去り際に彼がデスクに放り投げていった、丸めたナプキンが、ゆっくりとほどけかけていた。目でその動きを追っているうちに時が過ぎていったが、どういうわけかそこから目をそらすことができなかった。やがて動きが止まり、それがぴかぴかのマホガニーの天板に一輪の睡蓮のように開いても、私は座ったままだった。

アガッツ　Ⅲ

私は肺の底まで深く何度も空気を吸い込み、首を左右にコキコキと動かし、肩をぐるぐる回して血流を促した。窓側に向いた左半身が、特につっぱり気味になりがちだ。

それからドアを開けた。

「こんにちは、アガッツ。お入りください」

彼女は少し息を切らしていた。よくぎりぎりの時間に滑りこむので、呼び入れるまで待合室に座る暇もないことが多い。

「失礼します、先生」

ジャケットをかけ、大きなニットのマフラーをはずすと、彼女はソファーに行儀よく横たわった。今日は紫のワンピースに黒いバレリーナシューズという出で立ちで、濃い色の髪はまとめずに肩まで垂らしてある。短く切った前髪のおかげで、実際より若く見え、目の前で腹に両手を組んで横たわっている姿は、子供の頃読んだ童話に出てくる少女のようだった。

数週間前、彼女には見た夢を全て記録するように頼んであり、今日の彼女は自ら最新の夢について語り始めた。「見知らぬ男が、その人が持つ双眼鏡を覗くように言いました。最初はぼんやりとしか見えなかったけれど、調節すると、はっきりと見えだしました。見えたのは、腸、肺、心臓など、臓器ばかりでした。双眼鏡は私のからだの中に入っていた、ということです」

これまでの面接時間で彼女は一度も家族の名前を出さなかった。だが今こそその時が来たのだ。その勘はすぐに的中したことがわかった。

「双眼鏡、というと、何を思い出しますか？」

「父です」

「それはなぜですか？」

「私の父は目が見えませんでした。手先がとても器用なので、時計などの様々な品を、そのものの形を見たことがなくても、直すことができました。父は小さい仕事場を構えていて、そこにお客さんたちが壊れた品物を持ってきました。そして父に、その品はどんな形で、どんな風に動くかを説明します。すると父は部品を入れた小さいお椀や箱を並べて仕事場にこもり、機械や装置の複雑さに応じて、数日または数週間もかけて修理します。でもその結果、完全に元通りになるのです」

　彼女は一種小馬鹿にしたような笑みを浮かべた。「ある時スイス人のご婦人が時計を持ち込みました。非常に繊細な金の懐中時計です。二〇年も止まったままで、父が五週間かけて、ようやく動くようにしました。部品はそれは細かくて、私の指でもつまめそうにないぐらいでしたが、父はいくつもの小さな、ピンセットに似た……」声が途切れた。

「すると夢の中の双眼鏡とは、お父様の失われた視覚の比喩では？」私は質問した。

「そうとも、言えません。両親は私を授かるまで、ずいぶん待ちました。父の障害が遺伝性のもので、子供にも視覚障害が出るのではないかと恐れたためです。でもあるお医者様にたどりつき、その方は、そうと決まったものではないとおっしゃいました。やがて母は妊娠しました。何人ものお医者様が、私の視力は問題なしだと保証してくださった時には、両親は心から安堵しました。そして父は洗礼式の贈り物として、文字を刻んだ双眼鏡をくれました」

「その文字とは？」

「Für《フュア》 Agathe《アガーテ》, der《デア》 Apfel《アプフェル》 meines《マイネス》 Auges《アウゲス》」彼女はドイツ語で言った。

　その異質な音はただ耳を通り過ぎたが、文字一つ一つに籠もる本質的な響き、特に語尾のsが、まさに「アガーテ」にぴったりだった。ドイツ語発音でだと彼女の名前は違ったものに聞こえ、もしかしたら彼女はこれまで誤った発音で呼ばれるのがいやだったのでは、と考えてしまった。アガーテ。たった今彼女が発音したとおりに呼ぼうかと思ったほどだ。が、抑えた。

「『私の目の中のりんご』というような意味です」彼女は説明した。「掌中の珠、ともいいますね」私は言葉を添えて、結論を出した。「それでは今この診察室で、あなたは双眼鏡をご自分自身に向けるべきです」

言ったとたん、気がついた。彼女の香りの正体が何かを。シナモンを振ってオーブンで焼いたりんごだ。母が昔よく作ってくれたものだ。

ここだけの話

　本日の残り数字は五二九。私は六時二五分に動悸と左足の激痛で目を覚ました。初めは寝違えたかと思ったが、室内を一周しても一向に治らなかった。そもそもここは狭すぎる、と食卓に尻をぶつけた時、私は苛立った。ここで倒れたりしたら、どうなる？　見つけてもらえるまで、どれほど時間がかかるだろう。猛烈に脈を測りたい衝動にかられたが、どうせろくな結果にならないとわかっていたので、もしも今の今心筋梗塞で死んだら、少なくとも全てに片がつくのだと考えて、自分を落ち着かせた。そうなったら自分が見つけてもらえようがもらえまいが、どうだっていいではないか。

　そうしてよかった。三〇分後私は玄関のドアを閉めて外に出た。片手にかばん、片手にステッキを持ち、角を曲がってマルタン通りを渡り、道を下っていった。坂はたった五年前より勾配がきつくなった気がする。自分が老いたと気づくのはそのようなことからだ。歩道はでこぼこで、舗石はかしいでいる。ちゃんと動いた時代に、足をもっと褒めてやるべきだった。

この日はあるカフェの前を通るために少し遠回りをした。ここ何年も、ある空想の舞台に使っているカフェだ。その空想が始まったのは、たまたま奥の小テーブルに中年の男女を見かけた時だった。何かの拍子で私が前の歩道に足を止め、中を見ていた時、女のほうが片手を上げて、男の頬をなでたのだ。男が女の手に身を寄せたその時、私はそこに座っているのがまるで自分自身のような気がし、片方のぬくもりが相手に流れ込み、どちらがどちらかわからなくなる過程を、感じたような気がした。

以来そのカフェを通りざまに覗き、いつか自分がそこに座るかもしれないと、空想するようになった。

今日は新聞を読んだり朝のコーヒーを飲んだりする客が数えるほどいるだけだったので、私は探るように一瞥しただけで、道を曲がってクリニックに向かった。

出勤した私を、マダム・シューリューグはデスクから立ち上がって迎えた。だが私たちの息は合わなかった。私がコートを渡すと、向こうはステッキを受け取ろうとし、私がステッキを渡そうとすると、互いの手がぶつかり合った。奇妙なことだった。なぜなら我々の互いの動きはこの年月のうちに必要最低限にまで簡略化され、通常はどちらも何も考えないでもうまく運んだからだ。私は秘書から目をそらした。全てが妙で、診察室の安全圏に入りたくてたまらなかった。私はカルテの束を受け取り、どうもとかもごもご言って、逃げ出した。

椅子に腰を下ろした瞬間、幸いマダム・シューリューグのことをきれいに忘れてしまった。記録をパラパラめくってみたが、集中できない。どうしよう。もしも壁の外の人生が壁の中のそれと同じく無意味だったら？　そうであっても断じて不思議ではない。患者たちのたわごとに耳を傾け、彼らの人生が自分のと違って喜んだことが、幾度となくあったのではないか？　彼らの決まり文句に何度顔をしかめ、はたまた彼らのばかげた悩みを何度ひそかに笑っただろう。はっと気づいた。あくせく働いた結果退職後に自分を待つ現実の人生を、私はずっと目にしてきたのだ。だがここに座っていては、ありがたく思える価値がその人生にあるかどうか、わかりようがない。私が完全に把握できるのは、恐怖と孤独しかないのでは？　何を感傷的なことを。それではまさに連中の同類ではないか、と私は思い、臀部に疼痛を、胸の中にゆらめく悲しみを抱えて、本日最初の患者を迎えるために席を立った。

アガッツ　Ⅳ

私はこの年月、かなりの躁病患者を治療してきた。彼らは不安定で落ち着きがなく、それればかりか少しいかれている。――いつだったたか、自分には勝ち馬を当てる天賦の才があると信じて、躁的な三昼夜の間に全財産を使い切った男と面接したこともあった。

だがアガッツはそれとは違う。明らかに調子が悪い時でもセラピーの予約時間に忠実に顔を出すので、実は鬱ではないかという気がした。それをきっかけにサン・ステファーヌ病院の診断は果たして正しいのかと考え始め、ある日、本人にじかに聞こうと決めた。

「アガッツ、あなたは初診の際、カルテを持って来られましたね。で、私は一つ妙に思ったことがあるのですが」

「そうですか？　妙に思うことなら私にはいくつもありますけれど」彼女はつんけんして言った。「例えばベッドに縛り付けたり、脳に電流を流したりすることが、どうして不幸せな人間を救うのかわかりません」

「なるほど」私はうなずいた。電気痙攣療法もインシュリンショック療法も、積極的に評価していなかったからだ。「ですが重症のケースにはその治療が効果大だと、実際に言われています」

　彼女は肩をすくめた。

「私にはどちらにせよ全然よくありませんでした」

「私が妙に思うのは」私は話を進めた。「あなたの診断結果です。これまであなたと二か月ほど面接を重ねてきましたが、私には、あなたは鬱病ではないかと思えるのです。今もまだ躁的な出来事がありますか？」

　アガッツは横になったまま考え込んだ。

「どんなことから躁病だと診断されるのかよくわかりません。ただ私は何度も激しい怒りに見舞われますし、時々特殊な力に囚われて、どうしようもなくなるらしく、自分に暴力を振るってしまうんです。先日はこうなりました」彼女は前髪をかきあげ、片方のこめかみに残る、小さいが深い傷跡を見せた。

「戸棚で」彼女は言った。

「バカなことを」私は厳しく返し、診断は結局正しかったかも知れないと思った。

「大枚をはたいたあげく私の心の深い奥底をぐさりと刺されるわけですか、先生。なんてありがたいことでしょう」

「恐れ入りました」私は思わず顔をほころばせて、言った。

彼女が帰った後、実は自分こそ躁鬱病になりかけているのではないかと考えた。なぜなら、アガッツは扱いにくく、うちに来るべきではなかったと内心思い続けているくせに、実は彼女との会話が楽しくなり始めているのではないか？　素直に認めろと言われれば、あのりんごの香りを今少し愛でたいがために、彼女がここにいた日々をなかったものにするのが、いやなのではないのか？

一九四八年四月二八日

先生、おはようございます。

一身上の都合により、数週間またはそれ以上仕事をお休みすることをお許し下さい。本日分のカルテはご用意いたしました。その他のカルテはご存じの通り、デスク後ろに年度別、また姓のアルファベット順に分類してあります。まことに申し訳ございません。

A・シューリューグ

手紙

私のもとで働いてきた三五年のうち、マダム・シューリューグが休んだのは二度きりだ。一度は母親が亡くなった時で、二度目は重い肺炎で数週間床を離れられなかったためだった。だから彼女の手紙を読んで、大いなる不安を覚えた。一体何が起こったというのだ。

春の陽光がここぞとばかりに輝き、室内の空気はむっとぬくもっていた。窓を一つ大きく開けて、本日のカルテの束をつかむ。秘書がいない大きな部屋は、奇妙にがらんとしていた。というのも、この長い年月お互い気のおけない仲にこそならなかったものの、彼女はソファーや私の肘掛け椅子同様、職場の重要な一部となっていたからだ。

患者の誰一人私を驚かせも関心を抱かせもしないまま、今日の面接は過ぎていった。一人目は、毎朝欠かさず家族が起きる前に、家中の銀器を磨き上げる神経症のマダム・オリーブ。次に、夫からひどい扱いを受けているため、とうの昔に縁を切るべきなのに、怒りを自覚する前に恥に転化させてしまう、マダム・モレスモ。その後には、恐らくは単に話し相手が欲しいだけの、ムッシュ・ベルトラン。かつて彼は胸の痛みを訴えて私のもとにやってきたので、いまだに時たま聴診器をあてることもあるのだが、実際の会話の内容はおおむね、子供たちに権威を見せつける難しさについてだった。

私が放心状態に似た様子で椅子に座り、ムッシュ・ベルトランの話の要旨に耳を傾けていた時、やにわに待合室でがしゃんと音がした。患者に失礼と断り、いったい何事か確かめようと急いで出て行った。マダム・シューリューグの大型デスクの上で、黄色い花を活けた花びんが倒れ、書類が床に散乱していた。一拍置いて、事態がようやくのみこめた。もちろん窓を開けていたのをすっかり忘れていたせいで、風に痛い目にあわされたのだ。順番待ちの患者たちも風の被害を受けたはずで、私は改めて秘書の不在を遺憾に思った。窓を閉め、体裁だけ整えると、患者のもとに戻り、程なく面接を済ませた。

「先生、来週お目にかかりましょう」

まさにその言葉を、ムッシュ・ベルトランは面接を終えると必ず言うのだが、私の年齢になれば、そもそもあらゆるものが繰り返しでしかないのかもしれない。四四八、と自分を励ますために考えた。あとたった四四八回、今ではもう理解する気もない連中と話をすればいいのだ。

午前の予定が済むと、近くの「モン・グー」まで歩いた。レストラン開店以来週に五度お目にかかるのに、名前も知らないあばた面の亭主が、私のテーブルに黙ってうなずきかけた。亭主はすぐに、ポテトのホワイトソースがけと照り焼きのハムを盛った大皿を運んできた。

「モン・グー」は上質なサービスが売りではないが、日替わり定食がおおむねすばらしく、私の指定席はいつも空いている。ポテトにパルメザンチーズをかけて昼食をかきこみながら、メニューのそれぞれの番号の正体が何の料理か思い出すのを楽しんだ。昼食時間が終わり、いつものようにコップ二杯の水を飲み干した時には、二四個のうち二三個の答えを出せていた。

アガッツ　V

やっと彼女が、息を切らし、病的な赤い頬をして現れたので、私は椅子の上で姿勢を正した。実年齢より老人くさく見られるのはつまらない。

「こんにちは、先生」アガッツ。お入りください」

「こんにちは、先生」彼女は息を切らしながら言った。「遅れてすみません」

彼女はこれまで見たことのないベージュ色のコートをフックにかけて、尋ねた。「教えてください。先生の秘書さんはどこにいらっしゃるのですか？」

「秘書は遺憾ながら、しばらく出勤できなくなりました」

「おやまあ。では先生はお独りなのですね。先生も」

彼女が共謀者めいた笑みを浮かべたので、私は食いついた。「というと、あなたもお独りなのですか、アガッツ」

彼女は肩をすくめ、ソファーの奥に身をずらし、自分だけに見える何かの型に合わせるように、念の入った動きをして横になった。

「ある意味ではそうとも言えます。生きていないってなんだか孤独なものです。自分の足が折れている時に、他の人が遊ぶのを見ているような」

その感覚なら私は嫌というほど知っていたが、幸い彼女が横になり、私は椅子に座っているので、気づかれずにすんだ。

「アガッツ、あなたはよく、人生が終わってしまったような、そして自分で全てを駄目にしたような言い方をなさる。だがあなたには、何か誇れることをするチャンスが、いつ何時でも与えられているのですよ」

自分の偽善性に吐き気を催さないでいるのは難しい。何か誇れるような選択を私がしたことがあるか？　来るべき年金生活に向けて、どんな壮大な計画を立てたというのだ。

アガッツは首を振った。

「もう上の学校で勉強するには手遅れです。それにたとえ自分が何をしたいかわかっても、生活にそんな余裕はありません。もしも本気でピアノ演奏や歌唱を学びたいのなら、もっと前に試してみないといけなかったのです。もう私は年を取り過ぎました、先生」

私たちの間に絶望感の濃いもやが立ち込めているのが見えるような気がして、私は椅子から身を起こし、彼女を抱きとめようとした。「何もかも手遅れ、なんてことはありません、アガッツ。人生は、出会うべき選択肢が並ぶ、長い列です。自分たちの責任を否定して、初めて何もかもと縁が切れるのですよ」

私はこの手のせりふを、何百回、いや、何千回と繰り返してきたが、こういう言葉に肉付けできる、実際の豊かな経験が自分自身にないものだから、いつもまるで説得力がない。それでもなお、アガッツにこの言葉が役立つよう願った。彼女は傷跡の残る手首を見せて横たわる。ガラスのように透明で儚げに。自分を偽善者のように感じていても、私の意図は正しいのだ。本気で彼女を助けたいと願っていて、その結果全てが余計にもつれる。

「先生のおっしゃる意味はよくわかります。私が自分にも同じことを言い聞かせようとしたと言っても、信じていただけないでしょうか」

「時には他人の口から聞くことが役に立つんですよ」私は言ってみた。

「多分ね。自分でも頑張っているつもりですが、人生のほうがいつも私から逃げるんです。こう言えばいいでしょうか。匂いがかげるほどすぐそばまで来ているのに」彼女は夢見るように視線を宙に浮かせた。「どうやってその世界に入るのか、本当にわからないんです」

ほとんど足音も立てず、縞柄の傘をぶらさげるようにして、アガッツが帰った後、そもそも彼女のいう「生きる」とはどういうことなのか、考えてしまった。外見からは、彼女はまさに生きているように見える。心臓は鼓動しているし、きちんと教育も受け、家庭を築いた。アガッツが生きていないのなら、生きているのは誰だ？

私はデスクを照らす電気を消して、耳に滅びのそよぐ音を聞きながら、診察室を突っ切った。間もなく最後の仕事に臨むはずなのが、自分でも信じられず、だから後任の医師を想像してみた。向上心と素早い判断力にあふれた、若くてきぱきしたタイプだろう、恐らく。アガッツとのセッションを受け継ぐのは彼になるのだろう。そいつが彼女を治癒させることになるのか？　こんなことを言うのは手前勝手だが、アガッツが病み続けるほうが、正直私は嬉しい。

じっくり時間をかけて、カルテを元の場所に戻した。そうすると落ち着けたからだ。それから、タイプライターの前の、マダム・シューリューグが使っていた椅子に腰かけた。外の光は暮れていた。

鏡

懸命に無視を決めこもうと努めたのだが、避けて通るのは難しい。不安がいや増している。動悸と共に、また死が追いつきかけているという恐怖にかられて目覚めることが、ますます頻繁になり、当然ながらそれが仕事にも影響を与える。自分自身を疑い始め、自分が何度も披瀝《ひれき》した解釈が上顎にはりついて、それをこの上もなくまずいタイミングで吐き出す羽目になるものだから、誰からも文句が出ないのは奇跡と言えた。だが患者たちは育ちが良すぎ、また自分のことだけで精一杯なので、週の最後の面接者がようやくドアを閉めた時には、この建前合戦に反吐が出そうになっていた。残りの数字さえ慰めにならない。もし誰かが机をドンとなぐりつけ、私たちは一体全体何をやっているのですかと質《ただ》したら、どうすればいい。そう思いながら書類棚の扉を叩きつけるように閉めると、鍵が床に落ちた。私がマダム・シューリューグの愛しんだ家具にどんな扱いをしているか、彼女に見られなくて良かった。

息を大きく吸い、止めてから、ゆっくりと吐き出す。

両手がかすかに震え、患者たちの声が頭のなかでぶんぶんうなり、やがてこめかみに不協和音となってわだかまった。人はみなこんな辛い思いをしているのか、それとも私一人だけが不幸なのか？　まわりの小さい家々の中で、明日もみすみす目覚めなければならないのを知りながら、満たされた思いで寝《しん》に就く人間など存在するのか？

昼食を食べそこねたことに、はっと気づいた。

時が何処に失せたのか、見当もつかず、あばた面の亭主に待ちぼうけを食わせたことを少しの間悔やんだ。すると吐き気がこみあげてきたので、自らを励まして小さな洗面所まで足を運び、蛇口から直接冷たい水を数口飲んだ。汗が薄膜のように背中を覆い、心臓は倍速で搏《う》っている。

水流から離れ、背筋を伸ばした。おなじみの解放感が身体を通りぬけ、私はよろけないように洗面台の縁にしがみついた。

鏡で自分の顔を見つめたが、からっぽだった。

だれも映っていない！　ここには鏡などないことが重々わかっていながら、その認識に到達するまでに結構な間があって、ようやく言葉になった。それこそが、真実なのだ、と。

もう倒れずに、大丈夫、歩けると自信ができるまで、冷たい洗面台によりかかって立ち尽くした。それからトイレの紐を引っ張り、ドアを開けると、無機質な白い壁に向かい、肩越しに最後の一瞥をくれて、部屋を出た。

チャイコフスキー

洗面所での出来事の後、ひたすら家に帰りたかったので、残りのカルテは放り出したまま、帽子とコートをひっつかみ、だがどちらも身につけず外に出た。曲がりくねった街路を上り切るには、膝がひどく痛まない幸運な日でも九分半かかるのだが、今日はほとんど小走りで、それより短時間で行けた。歩きながら、自分は一廉《ひとかど》の者だと思い込もうとした。ひねくれたやり口だと思われるかもしれないが、男とは自分が何者か、本気で疑いを持つことがある。私にはもう家族も友人もない——本来なら、それなりの人々とつきあいがあるのがまともなのだろうが。またクラシック音楽への生かじりの興味を別にした私の趣味といえば、上等のお茶と律儀に仕事をこなす程度だ。しかもそれすら、今は明らかに坂道を転がり落ちている。

一軒の手入れの行き届いた、壁に蔦《つた》が這う豪邸で、非常に大柄な女が一人居間に座り、テレビの光に無表情な顔を照らしていた。自分は人生の残りの日々を、見も知らぬ人々を映し出すこんな代物を見つめたり、庭に花壇を作ったり、何にせよ肉体が指からちりとなってこぼれ落ちる間、ただ食って寝て過ごすだけでいいのだろうか。さらに悲しいことに、最近読んだ記事を思い出してしまった。その記事は、驚くほど多数の男性が、まさに年金生活に入り、ようやく手に入れた時間を味わおうとしたその時に、死んでしまうというものだった。少なくとも将来何をするべきか考えねばならないという問題は解決してくれるな、とゲートを押し開けながら暗い気持ちで考えた。部屋に入るとすぐに冷蔵庫を覗いてみたが、結果気が滅入った。あったのは卵二個、ジャムの瓶、バターが少しと、干からびたチーズだけだった。今日は卵を茹でる気力もないような日だと納得し、紅茶を沸かしてパンに手近のものをはさんだだけで、時計が刻む重苦しい音に合わせるように、キッチンテーブルでもそもそ食べた。パンは固かったが、楽しく食べれば献立も違って見えるはずなのだ。

その後膝に毛布をかけてお気に入りの椅子に座り、音楽に耳を傾け、反射的にレコード針を最初に戻しては、時間をつぶした。私の手はひとりでに動き、針を落とすことが仕事の一部になり、繰り返しの一連の動作の中、静かな時間が過ぎていった。

それから小便をしたくなり、トイレに立っていた時にふと気づいた。そういえばまったく自慰をしなくなって久しい。最後はいつだったろう。私は目を下にやり、ぐんなりしたペニスを励ますように一握りしてやってから、ジッパーを上げて出た。それから擦り切れた青いパジャマを着て、ベッドに入った。

アガッツ　Ⅵ

土曜日の午後、一週間分の買い物をした帰りにパヴィヨン通りを歩いた。通りがブールヴァール・ド・レーヌと交差する角で、いつものように例の小さいカフェを通りかかり、覗いてみると彼女が、アガッツの姿が見えた。

だがそれは私の知るアガッツとは別人だった。白い肌を引き立てるダークレッドのブラウスを着て、椅子に座りながらも全身が動きにあふれていた。同じテーブルの女性三人に何かを話すあいだじゅう、両手は空中で大きく円を描き、目は前髪の下で黒くきらめいた。何よりも美しいのは、首をのけぞらせてとめどなく笑う、その口だった。

よく考えもせず私はカフェの斜め前にある小さい公園の、木の陰に隠れた。そこからは赤い点、つまりアガッツが見えたのだ。あそこで向かい合わせに座るのが私だったら、彼女はどんな態度をとるだろう、と想像してみた。まさにこの目で確かめたのよりずっと深刻な顔だが、口は同じように優しげで甘やかだろう、と思いながら、私は内なる目で彼女の顔から髪を一筋払わせ、私の前腕に手を載せられるよう、前かがみにさせた。

そうやっていやらしい覗き屋のように立っていると、アガッツがカフェから出てきて、友人たちに別れを告げた。実のところずっと立ちっぱなしで膝はとてつもなく痛んだはずなのに、それもろくに感じないほどで、彼女が家に向かって街を歩き始めると、私も後に続いた。買い物袋をいくつもさげながら、いや増す快感に酔い、あまりにもおなじみの羞恥心にどんよりしたその時、ランシェンヌ通りにある白漆喰塗りの二階家の鍵を開け、彼女が入っていった。居間に明かりが灯った。彼女はこの建物で眠る、バスルームに入り着替えをする、そして私のもとに来るときにはまさにここ、この歩道を使うのだ、と知ると、不思議に親しみがわいた。

私はしばらく立ったまま、手にした袋の何かを探すふりをした。薄切りハムの包みをちょっと持ち上げたり、卵のパックをつついたり。燃えるような頬がどくどく脈打ち、呼吸を鎮めるのに四苦八苦した。それからえいと活を入れ、足早に彼女の家を通り過ぎたが、同時に首を巡らせ、ちゃっかりと中を覗いた。何を期待していたのか自分でもわからないが、彼女は椅子の端に横向きに座り、空を見つめていた。私とは四メートルほど離れた場所で。その顔は生気のない仮面で、目を狭めてようやく見えたのは、ブラウスの赤い布地にインクのしみのように散る涙だった。

自宅のドアを閉め切った時も、ピリピリする余韻のように興奮が自分の中に居座っていた。だれかと分かち合いたくてたまらない秘密を、禁断の贈り物のように手に入れたすばらしいそれを、明かしてしまったような気分だった。体の中がどくどくと脈打ち、何度も何度も目の前にアガッツの開いた口が、やせた身体にぴったり添うブラウスが見えた。一瞬快楽に我を忘れた。

それから再び目を開けた。いけない。アガッツは患者で、私は彼女の医師で、私の仕事は彼女を救うことなのだ！　力を込めてコートをつかみ、あわてて黄昏の世界に戻った。

池からの空気は禊《みそぎ》の冷水のように効き、その辺を一周すると、興奮は収まった。疲労がのしかかり、家路の最後の部分は、泣きくれるアガッツの姿を網膜に張り付かせながら、足を引きずって歩いた。

聞こえず、話せず、見えず

午後が夕刻に移り変わろうとしていた。あれから数日たった今日ようやくクリニックから出た時点で、のべ二七五人の患者は二六六人に減っていた。太陽は屋根屋根の上に低くかかり、ステッキが地面を打つ規則正しい音以外に聞こえるのは、鳥のさえずりのみだ。歩いて行くと時たま郵便受けの名前が目に留まるが、知った名前はめったにない。この町に、この年月口を利いたことのある住民は何人いるだろうと考えると、職場以外で会う人間の少なさに呆れかえる。時々彼らは全員想像の産物ではないかと疑ったりする。マダム・シューリューグすら欠勤届を出し、クリニックから外界に出たことで初めて、ある意味現実のものになった。

最後の上り坂がいつもながら一番きつく、九番地に近づいた時にはほっとした。手が無意識にコートのポケットから鍵を取り出した時、目の端に何かの動きを感じた。隣人だ。そのとたん彼も影の世界から追い立てたいという、止むに止まれぬ願いにとりつかれた。

彼を血肉の備わった一人の人間に変えたくて、私は帽子をとって大声で言った。「こんばんは、お隣さん」

彼は横を向いたままで、私の挨拶にも反応しない。郵便受けの鍵を開け、手紙を一通取り出し、また鍵を閉めた。庭に戻る段になってようやく目を上げて、私を見た。彼がていねいに一礼したので、私はもう一度試した。「こんばんは、お隣さん」

彼は微笑んでまた一礼した。突然の衝動に駆られた私は一歩彼に近づいて、言った。

「実におかしいと思いませんか。私たちのように二人の人間がこれほど近くに住んでいて、壁一枚隔てているだけなのに、互いを全く知らないなんて。そうは思いませんか？」

男は申し訳なさそうに肩をすくめ、それからまず自分の耳を、ついで口を指さして、首を振ってみせた。私の中で何かがくずれた。胃が縮こまり、足の力が抜けた。男は耳が聴こえないのだ。私の存在にさえ気づいていなかったのだ。

私はやにわにくるりと向きを変え、せかせかと庭を横切って玄関を入ると、ばたんと荒っぽくドアを閉めた。目が裏側から圧迫されるようで、台所の椅子にへたりこんだ。ずいぶん経ってから、手にステッキを持ちコートを着たままだと気づいた。

客人

カルテを絵や覚書の束と一緒にまとめ、足を引きずりながら待合室に戻る時、私の口角は重力によって床に引き寄せられた。自分の皮膚がどんどんたるんで、いつかほっぺたがぺたんぺたんと情けない音を立てて床に落ちるのではないかと想像しながら、大机の横まで来た時、彼女の姿が目に入った。かつて同じ椅子から場を統《す》べていたご婦人の儚い幽霊のように、彼女は窓の下に座っていた。私はカルテの束を腕に抱えたまま、彼女の前に立ち、これからどうすればいいか迷っていた。

ようやく彼女の肩に手をのべた私は、咳払いをした。

「ここで何を?」

私の声は無愛想すぎ、甲高すぎたが、彼女は私など気づいていない様子で、だから私を見ずに口を開いた時も、まるで独り言を言っているようだった。「もうあの人はこれで三日間家にいたまま、とても辛い思いをしています。あの人は私の目の前で死にかけているのです」

つまり数をかぞえる人間は、私だけではなかったのだ。

「ムッシュ・シューリューグはお加減が悪いのですか?」私はおずおずと尋ねた。

すると彼女はようやく目を上げたが、そこにはこれまで見たことのない表情が浮かんでいた。彼女は叫んだ。「もうこれ以上耐えられません! 最悪なのは、二人でその話さえできないことです」声は震えていた。「トマは心底怯えていて、私にもそれがわかるのに、あの人は何も言いません。これまではどんなことでも話し合えたのに!」

「お気の毒です、マダム」言いながら、自分の気の利かなさを憎んだ。「何か私にできることがあれば、おっしゃってください」

実のない言葉だが、どうやら彼女の求めていた励ましではあったらしい。

「どうか夫と話してやっていただけませんか?」彼女はすがるように頼んだ。

私はぎょっとして首を横に振った。

「ですがマダム、それが何の役に立つでしょう?」

「人と話せば、夫の気が楽になると思うのですが、私どもは教会に頼る人種ではありませんし、あの人は主治医が好きでありません」

「はあ、ですが……」

彼女は私を遮った。「夜も眠れません。目が覚めた時あの人がいなくなっているかもしれないと思うと、怖くて怖くて。そんな風に死なれたら、耐えられません。夫の病室にマットレスを持ち込んで、朝までただ横になって、夫の寝息に耳を澄ましているんです」

「ですが、マダム」改めて話そうとしてみた。私が実際に言いたいのは、診察室の壁四枚の外だと他人と口を利く方法が、かけらもわからないということだった。他人と普通の会話を交わしたのは、もうはるか昔のことなので、それを考えるだけでも苦しいのだ。正直言ってお手上げなのであり、そんな状況で彼女が私を頼ってくるなど笑止千万だ。それでも自分が求められているものは明らかだった。

「もちろんトマさんとお話ししましょう」私は言った。「近いうちにお邪魔します」

「ああ、本当に有難うございます、先生」顔のこわばった筋肉がゆるみ、マダムは私の手を両手でぎゅっと握った。

マダム・シューリューグが帰って行くと、私は激しいむかつきに襲われた。両手に水をかけっぱなしにし、洗面所の冷たい壁に額をつけて長い間立ったままでいた。空気をゆっくりと吸い込み、あらゆる思考を遠ざけることに集中し、わが肉体に落ち着けと語りかけた。

できることなら全てに背を向け、慣れた路線に戻り、死にかけの男など忘れ果てて、例えば二九一、二九〇、二八九などと残りの数字を数えたい。だがそれが不可能なのは、自分でもわかった。不器用なやり方で自分が好意を抱いている人間が、救いを求めてくれている。かけらも努力をしないなら、自分に値打ちなどあると言えようか？

迷子

その夜私は寝室でまんじりともしないでいた。戸棚のかどばった輪郭と窓の薄明るい闇だけが見分けられる。まず夫の息遣いに怯えながら耳を澄ますマダム・シューリューグを思い、次に一体彼女の夫のために私に何ができると期待されているのだろうと思った。そのうち、庭の鳥の鳴き声がかしましくなるのを聞きながら、死が自分に追いついたその日、自分自身は抵抗するのだろうかと思案し始めた。

目覚まし時計が鳴り、ぎこちない一連の朝の手順に移った。いつものようにベッドを出て、紅茶用の湯を沸かし、冷蔵庫からミルクを取り出したが、むかつきはまだ治まらない。それでも何とか少しパンを食べ、いつになく長くシャワーを浴びてから、同型で仕立てたシャツの山から清潔なのを一枚選んだ。それから肩を落とし、ただただ荒廃するばかりのクリニックに向かった。

面接はたいへん往生した。母親のこれ見よがしの無関心についてのマダム・ブリーの語りに、私が目に涙を浮かべ何度も鼻をすすったり咳き込んだりするものだから、とうとうマダムに風邪でも引いたのかと聞かれる始末だった。不安と悲しみを思わせる何かが胸の中にわだかまり、やがて自分は濃縮された人間的苦悩のあふれる一日に耐えられるだろうかと疑い始めた。マダム・ブリーは帰る前に私と握手して言った。「誰にも好かれなかったら、人間は取るに足りない存在として終わりかねません。時にそんな存在は人間といえるものかと、考えますの」

次の患者、一八歳のシルヴィーは、現れなかった。患者が無断ですっぽかすことはめったにないが、厳密に言えば彼女が予約をキャンセルしようと試みたかどうか私には知る由もないのだった。今や伝言を受ける秘書がいないのだから。本日最初の二時間の試練の後だから、私は安堵の吐息をついても良かったのに、それどころかパニックになりそうだった。なぜならキャンセルで空いた時間によって、ひたすら逃げ出したいという本心を思い出してしまったからだ。いくつもの混乱した思考が、頭のなかで場所を取り合った。マダム・シューリューグは、私がご主人と話し合う努力をしたら、しかもその効果がないとはっきりしたら、何と言うだろう。自分自身の生を生きるすべさえ見つけられない人間が、どうやって見知らぬ他人を良い死へと導く助けができるというのか。

まとまらぬ思いを断ち切るため、私は立ち上がって、大股で広い待合室に出て行った。落ち着きなく歩きまわり、雑誌数冊の向きを直し、四角い芝生側の窓から外を眺め、玄関の辺りまで行って、誰か患者が来る途中ではないかと道路をうかがった。だがシルヴィーの姿はなく、心の平和もなく、具合は悪くなるばかりだった。皮膚は網のように全身に貼り付いて締めつける。私は口を開け、また閉じ、肩をゴリゴリ回して、背をしゃんと伸ばしたが、身体に全く余裕というものがなかった。平静を失ってステッキをひっつかむと、外の陽光の中へ突っ走った。どこに行けばいいかわからず、ただ同じ場所に留まっていられなくて、左に曲がり、道をせかせかと下った。何も見ず、ひいひいと空気を吸いながら、とにかく遠くへと逃れていった。とりとめもない映像が現れては消えた。ソファーの緑の生地に触れるアガッツの柔らかな肌、自宅の窓辺に独りいる自分自身、抱き合うマダム・シューリューグと夫のトマ。時々歩道の人々と行き合った。彼らは恐らく私とぶつからないように仕方なく道を譲ったのだろうが、その存在もほとんど意識になかった。ただただ二足歩行することに必死だったので、ついに道にへたばった時には、一体そこがどこなのか、わからなくなっていた。

ゆっくりと息ができるようになって、どうやらステッキを落としたらしいと気づいた。慌てふためいて周囲を見回した。私は道路と手入れの行き届いた前庭を区切る、一段高くなった歩道の縁に腰掛けていたので、数分間息をついてから、冷たい石に手をついて、慎重に立ち上がった。脚はぶるぶる震えエネルギーは枯渇していたが、身体はまだ機能した。ふらつきながらもゆっくりと歩いて行くと、再び視界が広がり、世界を取り込み始めた。おまえは底抜けの馬鹿野郎だ、とおのれを叱りつけた。一体何をするつもりだったんだ？同時に、まさに同じことが明日にでも起こりかねないこと、どうしてもそれを防ぐ方法はないだろうことがわかった。

道のはずれでステッキが見つかり、すぐ後に見覚えのある通りに出た。ここからなら足さえ動けばクリニックまで戻れる。正常とはさらに程遠い状態で、しかも腹をゴロゴロ鳴らしながら、何とかこの日の残り三人の面接を片付けた。老いぼれ、くたびれきって座ったままで、着ているシャツはボール紙のように固かった。口から出た言葉は、こんにちはとさようならだけだった。

怯える人マダム・モレスモがいつものようにドアを三度開け閉めし、そうすることで今日一日が終わったと知らせてくれた時、私はこの数時間で初めて本当に息をついた。嘔吐感が酸っぱくあふれんばかりに待ちかまえ、いまいましいが洗面所によろけ込み、吐かなければならなかった。

アガッツ　Ⅶ

「私、怒っているらしいです。そうなんです。わかっています。昔は怒りを感じるのさえ怖かったんです。でも歌をやめ、ピアノにもほとんど触らなくなって、そこから手首を切り始めました」

背後の席から、私は彼女の頬のやわらかな丸みを想像し、眼の周囲のちりめんジワがのびるさまを見ることができた。

「なぜこんな言い方をしてしまうのかしら。先生はどう思われますか？　ピアノ演奏をしなくなったら、ナイフで腕を傷つけるものでしょうか」

声には笑みが潜んでいた。

「さあ、どうでしょう」私は答えた。「苦しみに高められた結果どのような知恵が生まれるか、考えてみましょう」

彼女は濃緑のスカートにグレーのブラウス、と言えばいいのか、そういう服を着ていた。

低いヒールの黒っぽい靴は、まっすぐソファーの端から突き出ている。足が左右交代で上下する。

「ええと。でもとにかく、始まりはそんな具合でした。それからというもの、切り傷をつけたり、髪を引きむしったり、いろんな物で自分をなぐったり、血が出るまで壁に頭を打ち付けたりしました。そして確信を持って言いますけど、そのほうがエーテルや睡眠薬よりずっと効いたんです」

「それはそうかもしれません。けれどもそれは苦痛をごまかすだけで、取り去ってはくれません。アガッツ、壁に頭を打ち付けて本当に何か解決がついたなどと、信じさせようとしても無駄ですよ。あなたは、自分がしてもいないことで、自身を罰しているだけです」

なんとも年寄り臭い言い方が、自分でも嫌だった。だから彼女の笑みが大きくなった時は、やっぱりこちらがからかわれているのだと思った。

「ええ、先生」と彼女は言った。「おっしゃるとおりです。だからもう終わりにしろと？ほんとにユニークなご意見ですこと」

「からかっているとでも言いたいのですか？」私は声を荒らげた。

「そんなこと、誓って思ってません！」彼女は強い声で返した。「私は自分というものの中に、生きたまま埋められているんです！　先生ご自身は死刑囚のブラックジョークに直面されて初めて、その意味を見抜くことができるんです」

私は彼女に向かって身を乗り出した。「ですが、アガッツ、あなたがそんなに過激なことをする理由は何ですか？　なぜそれほど自分に腹を立てるのです？」

彼女は舌打ちをした。「ちゃんと聞いてくださっていますか、先生？」

「はい、そのつもりです。ただ辛抱して、私にもわかるように説明してください」

彼女がふうっと音を立てて息を吹き上げたので、前髪が宙に舞いあがった。答えた彼女の声は通常の調子に戻っていた。「私は、何もなしとげなかったのを怒っているのです。一廉のものになるはずだったのに、結局何者にもなっていない」これまでの面接で初めて、彼女の目のうるみがひとつぶの涙にまとまり、目尻から白いのど元へ伝い落ちた。私は、アガッツのあらゆる印象をごたまぜにせずに面接を続けるため、必死で集中しなければならなかった。

「失礼があったらすみません。先生には前にお話ししたはずなので。でも私は、自分が特別だと本気で思っていたのです」

「そして今も少しはそう思っていらっしゃる」私は答えた。「でなければそこまで腹は立たないでしょう。だが同時にとは？」

「どういうことですか？」彼女はすすり上げ、手の甲ですばやく涙をぬぐった。

「つまり、ご自身を非常に特別だと感じながら、同時にどうでもいいと思っておられる」

彼女はゆっくりとうなずいた。「おっしゃる通りでしょう。ある時は自分に生きている価値があると思えないのに、次の瞬間自分に優るものなどいないと思う。ばかげてませんか？」

死の存在する場所

ついにこれ以上先延ばしできなくなった。ここ数日の不調を、非現実感によって楽にしたくて、私は約束の家に向かった。いったい何てことに首を突っ込んでしまったのだ。

マダム・シューリュューグはずいぶん待たせてから玄関の扉を開けた。

「こんばんは、先生。お越しくださって本当にありがたいです。お入りください」言うと、ドアを大きく開け放ち、脇にどいた。その顔は見る影もなく、ぎりぎり何とか形を保っている様子で、見ただけでこの場で回れ右をし、急いで庭を通りぬけ、先ほど乗ってきた汗臭いバスに飛び乗りたくなった。だがそうはせず敷居をまたいだとたん、機織《はたお》り機のようなものに倒れ込みそうになった。危うく悲鳴を抑えた。まわりじゅう物であふれている！

「どうぞ。お預かりします」

マダム・シューリューグは、色とりどりの傘が少なくとも一〇本は入った花びんにステッキを差し込んで、山と積まれた新聞の上にコートをかけ、私はといえば、おろおろと帽子の置き場所を見つけようとしていた。これほどたくさんの靴や瓶や釣り竿やついでに言えばじょうろが一軒の家に集まっているのなど、見たことがなかった。

「こちらです」

マダム・シューリューグは言うと、せまい廊下を先に立って歩いた。

「夫は目を覚ましているはずですが、そうでない場合は起こしてやってください」彼女は病室らしい場所の前で足を止めた。

私はうなずいた。

「御用がおありの時は、あちらのほうにいますから」マダム・シューリューグは言って、廊下の奥へと進んだ。

「待ってください」私は後ろから呼びかけた。「ご主人はどこがお悪いのですか？」

彼女は振り返り、私としっかり目を合わせて言った。「癌です」

そして彼女は台所に消え、死の潜むドアの前に私を置き去りにした。

私はおずおずとノックし、中に入った。男が部屋の中央のダブルベッドに、顔だけ布団の縁から覗かせて寝ていた。もじゃもじゃの眉毛の間に太いシワが一本刻まれていたが、私が近づくと、苦痛に満ちた表情が優しげな笑みにほどけた。

「こんばんは、先生。どうか奥においでください」

部屋の隅に肘掛け椅子があったので、私はそれをうんせうんせとベッドの頭板のそばまで引きずっていった。座部は低く、残った部分もはずれかけて、座れば落ちそうだ。いつかある日、私も行き着いた場所に座ったまま、二度と立てなくなるのだろうと思った。多分自宅の窓前の椅子だろう、いや、池の端のベンチで、まわりでは白鳥たちが眠りに落ちているのかも。

「今日のお加減はいかがですか、ムッシュ・シューリューグ」私は尋ねた。

「おかげさまで、今のところましです」彼は答えた。「よくいらしてくださいました。愛しい妻は私への辛抱が切れかけているようです」

白い枕に埋もれる頭、清潔な寝具の香りの陰に漂う病の臭い。私は何も言わなかった。何を言えばいいかわからなかった。

彼は咳払いをして続けた。「どうかトマと呼んでください、先生。お互い親しい仲ではないにしても、腹を割ってしゃべらせてもらいたいので。私は妻の重荷である身ですから、これ以上自分の恐怖心で妻を苦しませたくありません。だが真実を言えば、死ぬほど怖いのです」

彼はとつとつとしゃべった。一口空気を吸っては一文を吐き出す。新たに空気を吸ってまた一文。

「あなたが重荷なんぞであるものですか」励まそうとしてみた。だがトマは答えず、静寂はいたたまれないほどだった。わかっていたのだ、と私は思った。こんな思いは耐えられない！

するると枕から言葉が聞こえた。「先生は死というものがおわかりですか？」

私は眉根を寄せた。

「我々誰もが知っていることでは？」返してみたが、その言葉がどんなにうつろに聞こえるか、自分でもわかった。

「ご存じのように私は幾年月、深く病んだ、または亡くなられた人と親しかった患者さんたちとお話ししてきました」改めて始めてみたが、さっきよりさらに白々しかった。やがて私は首を振って、言った。「いいえ、死についてはわかりません」

トマは微笑み、二度ほどうなずいた。

「ええ、そうですとも、死は目の前に来るまで、わからないものです。本当の意味では」

無精髭と灰色の皮膚の下で、何かを咀嚼するように顎が動いた。ふと思った。あっという間に私も彼のような姿になるかもしれない。私の髪は白髪にまじってまだ黒い部分が目立つが、それも病魔に襲われたら、長くは持たないだろう。筋肉と脂肪の混合物一〇キログらい、すみやかに失われる。

「夜な夜な妻の息遣いに耳を澄ましては、妻をどんな形で残していくことになるのだろうと考えます」

ベッド右側の床に、枕と羽布団を備えたマットレスが敷いてある。今私のいる左側の、ナイトテーブルには、電気スタンド、水入りコップ、水差し、ハッカドロップの缶が並べてあった。これもまた死を待つ品々なのだ。

「トマさん、どうすればあなたのお力になれるか、実はよくわかりません」私は言った。

「私は人を愛したことがないのです」

この言葉に自分でも驚いたのだが、トマは動じずに答えた。「なんと、我々たいていのものは、それほど幸運ではありません。先生は恐らく人より楽な気持ちで死ねますね」

「かもしれません」私は同意した。「だが生きるのが人より難しい」

彼の笑い声は、石と石が当たるようだった。

「おっしゃるとおりかもしれません」笑い声が咳に変わる中、言葉を絞り出す。「愛のない人生は、深みのないものです」

私は微笑みを返し、二人とも少し黙ってから、私が尋ねた。「怖いと言われましたね？」

「心底怯えていますよ」今回彼は目も共に微笑んだ。「口に出せて、本当に気分がいい」

「実は私もいつも怯えています」私は打ち明けた。「ただなぜなのか理由がつきとめられないだけで」

「何より悪いのは、その後妻の顔を見られなくなることです。妻のいない場所に行かなければならないことです」

なぜだか私には、彼の言わんとすることが完全にわかった。

「もしかしたらあなたが手放さなければならないのは、奥さんのほうではないかもしれない」私は言ってみた。「それ以外のものすべてだけなのでは?」

意味をなす言葉かどうか自信がなかったが、トマは手を出して、私の手を握った。数日前の彼の妻と同じ握り方だった。

「その通りです」彼の手に力が少しこもるのを感じた。「妻とは離れようにも離れられません。ただしそれ以外のものは、多分なくてかまいません」

彼は手を離し、からだを丸めて乾いた咳を一つした。私が水を手渡すと、幾口か飲んだ。

「先生が怖れておられるものが何かわかるといいですね」彼はかすれ声で言い、再び枕に頭を預けた。「それ以外のものなぞはとんでもない無駄でしょうから」

私は彼を見下ろし、肩をすくめた。そもそもこれまでもたいていのものは無駄だったのでないのか? それでも私は尋ねた。「怖いものの正体を、どうやって見出せばいいので

「どうしようもなく熱い願いを抱いてとりかかることです」

「私の経験によれば」目を閉じたままでトマは答えた。

しょう」

アガッツ Ⅷ

「人が言うには私は父親似らしく、父もそれが気に入っていました。自分の障害にもかかわらず、私のような子供をつくったことが自慢だったのでしょうし、結果私は一種のトロフィーになりました。弾け、アガッツ、弾くんだ！　って」

彼女は言葉を吐き捨てた。

「お上手だったんですか？」私は聞いた。もちろんそうに決まっている。

アガッツはうなずいた。

「うまいと直接言われたことはありません。私に聞かれていないと思っている時、両親が人に話すのを聞いただけです。でも、ええ、たしかにかなりの腕はありました」

「でもそれが嬉しくはなかったと？」彼女のすんなりした指を見、その指がわざと鍵盤を叩きそこなおうとする様を想像した。ふいに、バイオリンを弾くのはただ父のためなのだと思いいたった日の自分を思い出した。父の失望を回避するためにだけ練習したこと、そして一曲うまく弾いた時に感じたのが、安堵感だけだったことを。

アガッツは首を振った。

「ええ、嫌でした。ピアノが嫌いだし、両親が私の話をするのが大嫌いでした。何もかも、自分たちがどんなに良い親なのかを、人にひけらかすためでした。私とは何の関係もなかったのです」

面接時間は終わっていたが、彼女を中断させるに忍び難かったし、とにかくアガッツと二人ここにいたい、次の患者は待たせておけばいいとの思いでいた。その白い肌を眺め、なでてみた時の手のひらの感触を想像したかった。質問をしてみて、正しい言葉さえ使えば彼女を治療できると確信したかった。

それはともかく、彼女は変化を感じとったに違いない。私が身動きしたわけでも何か言ったわけでもないのに、きっぱりと身を起こしたのだ。彼女の髪は深い眠りから覚めたばかりの幼子のように、乱れ、しっとりと湿っていた。

「今日はここまでですね、先生。火曜日にまたお願いします」

彼女が、練習したしかめ面にしか見えない微笑みを浮かべたので、私はうなずいた。

「そうしましょう、アガッツ。今日はお疲れ様でした」

彼女の手が一瞬私の手の中にとどまり、それから彼女は診察室を出た。私は彼女の体温でぬくもったソファーに腰かけ、長い、なんとも気持ちのいい深呼吸をした。しかる後にマダム・カルメイユを呼び入れ、この人も同等に重要なのだと自分に言い聞かせようとした。

雪

ある日目覚めると、街全体が薄く白い膜をかぶっていた。私は音が内にこもる冬がいつも好きだし、どんな時も太陽より雪を好む。この度は春が夏に移り変わろうかという時期の不意打ちだったので、私にとってその価値はいや増すばかりだった。

雪は謎めいた踏み跡の世界をお披露目してくれる。犬の足跡、ブーツ跡、よちよち歩きの子供の足跡などが、あるいは学校へ、あるいはクリニックの前を過ぎて街の中心部へと向かっていく。

ほこりやハエの骸《むくろ》が窓がまちに山をなす診察室で、本日最初の面接を行った。私は、患者の心に影を落とし、そして自分は何の手も打てないあらゆるものを、無言で罵った。戦うその敵には冷えきった夫婦仲も戸棚裏に隠したワインボトルもいた。わずか週に二時間程度のセラピーで、患者たちが全人生をかけて壊してきたものを、実際どれくらい立て直せるというのだ。

さて、マダム・アルメイダの番が来た。彼女は頭が枕についた瞬間からしゃべりだしたので、背後の椅子で私が退屈のあまり音もなく死んでもこの女は気づかないのでは？　などと考えた。ああ、マダム・シューリューグが夫を失おうとしているのに、このろくでもない女ときたら、手袋を買った際に一〇サンチームごまかされたことで頭がいっぱいだとは！

こう思うとのどに酸っぱいオクビがこみ上げ、口から患者へと発射された。「マダム、もうやめにしましょう」私は彼女を遮った。男というものは自分で自分に驚くことがあるが、これもその一例だ。

「マダムは来られる度に、面接時間中他人のアラをあげつらってばかりなので、聞いているだけで頭が変になりそうです。もうこれで三年近くぐうたらなご主人の悪口を言い続け、私が言おうとすることは完全無視だ。もうたくさんです！」

マダム・アルメイダは肘をついてぎくしゃくと身を起こし、信じられないという顔を私に向けた。顎の下のたるんだ皮膚がふるふると震え、目はまんまるだ。

「マダム、我々は一つ実験をするべきだと思います。通院ではどうやらあなたに改善の兆しが見えないようなので、新しいことを試してみましょう。来週またお会いするまでは、静かに過ごしてください。安静にするよう命じられたから家事を任せるとご主人に申しつけ、あなた自身はただ天候を楽しみ、読書なり、何でもいいからしたいことをするのです。親しいお友だちと過ごしなさい」

マダム・アルメイダは顔を赤紫に染めて、大声を上げた。「ベルナールはお料理なんかできません。洗濯もアイロンがけも。ベルナールはほんとに何一つできないんです！」

私は肩をすくめた。もうベルナールを無視するのはやめだ。

「機会を与えてあげないと、そんなこと、わかりませんよ」私はできるかぎりの優しさをこめて、言った。「ただの実験ですし、悪い結果にはなりません。あなたは出来る限りのことをなさって、評価は次回に回しましょう」

マダム・アルメイダは更に数秒間私を凝視した。何か言い立てたいと考えているようだったが、しがみついていた現実が手からなくなったせいで、言葉が見つからないのだった。

私は立ち上がって面接が終わったとほのめかし、マダムはぎくしゃくと戸口までついてきた。

「こんなことをするように言われるのは初めてです」彼女がようやく口に出し、私は笑みを押し隠さねばならなかった。

「我々には変化が必要だと思いますよ、マダム。違いますか？」

彼女は最後に胡乱《うろん》な一瞥をよこし、私がひったくりかねないとでもいうように、バッグをしっかり胸に抱きしめ、スカートをたるませ、つんのめるような足取りで、ちょこちょこと診察室を出て行った。

彼女が姿を消すと、もう二度とあの姿を見ないですむ可能性を考えてみたが、確信は持てなかった。彼女には辛い人生の証人が必要なのであり、それがいないと何の値打ちもないのだ。ここに憂さ晴らしをしに来られないなら、行くところなどどこにある？

一日が終わり、あとはクリニックを閉めるだけになった。その時不安が襲ってきた。まるで怒れる作曲家が手にする音叉のように、体内で脈拍が震え、何度も経験していたのでなければ、今こそ死ぬ時だと確信しただろう。診察室から待合室に向かう歩行を休み休み行い、待合室では並べた椅子のわきで一休みし、それでも不安がおさまらなくて、また歩きだす前に一旦息を整えなければならなかった。

脚はわなわな震えていたが、本日の未完成の落書きを添えたマダム・アルメイダのカルテをようやく所定の位置に戻し、宵の口に滑り出た。家の屋根屋根にはまだ薄い雪の層が残っているが、濡れた地面では黒と緑の斑点が広がり、風は肺腑を切り裂いた。

皮膚の汗は徐々に引いていった。ステッキをしっかりとつかみ、我が家とは逆方向に向かい、街なかを歩み始めた。そして自分が何をしているか気づいた時には、彼女の家から数メートルの場所に来ていた。彼女の姿をひと目でも見られれば、具合はよくなる。それは確かだ。彼女が存在していることさえわかればいいのだ。

だがアガッツはいなかった。代わりにこめかみまで禿げ上がったやせた男が、食卓で新聞を読んでいた。ジュリアンだ。嫌悪に胸が痛んだ。いったい彼女はこいつのどこに惹かれたんだ？　明らかに幸せにしてくれない男と、なぜ彼女は一緒にいるのだ？

その時彼が目を上げた。私は彼の白っぽい魚の眼——いや、実を言えばただの青い目だった——をじっくりとにらんだ。それから身を翻し、屈辱と怒りがないまぜになった思いにあふれ、元きた道を急ぎ戻った。

アガッツ　Ⅸ

「あなたは何を恐れているのですか、アガッツ？」

「そう言われても、今はもうよくわかりません。他の人たちはみな何を恐れているのでしょう」彼女は途方に暮れたように両手を広げた。「生きていることそのものが危険になってしまった気がします。音楽を演奏するのが、またやめるのが、人に近づくのが、独りになるのが怖くなってしまった。私にはどこにも居場所がありません！」

「それでも試してみなければなりませんよ、アガッツ」私は言った。「人生とは私たちがなすこと全ての積み重ねです。そしてあなたは何もしていない」

彼女はあえぎ、苛立たしげに身じろいだ。「でもまた失敗したらと思うと、する気になれません。これまで私は、失敗しかしていないので、それは我慢できないんです！」

不意に慈しみの波が流れて溢れ、彼女に手を差し伸べたい気持ちを必死に抑えなければならなかった。

「ですが、アガッツ、あなたは人生を何だと考えますか？」私は優しく言った。

「どういう意味でしょう？」

「あなたはまるで、良い人生の公式があると信じていて、その公式が見つからなかったならば、生きること自体を止めてしまいかねない。そうですよね？」

彼女は私に横顔を向けたままがばと起き上がり、膝の左右の座部を強く握りしめた。

「私には人生は短すぎるようにも長すぎるようにも思えます。どう生きるべきか学習するには短すぎます。長すぎると思うのは、日が経つごとに失敗がどんどんはっきりと目に見えてくるからです」

声は一本調子で、どう見ても気分が悪そうだったが、私は彼女に弱みをさらして、治療をつまずかせたくなかった。

「自分が失敗していると、どうしてわかるんです？」私は追いこんだ。

彼女は首を振りながら小声で言った。「信じてください。そういうことは感じるものなのです」

「それは誰を基準にしてのことですか？」

「私がなるはずだった人間です」彼女は両手で強く顔をこすった。「もう疲れました、先生。今日は十分だと思います」

二人の目がしっかりと合った。彼女は不幸せそうだった。いや、彼女の中に私が自分の姿を読み取ったのか？　手を伸ばし、髪をなでてやる想像をしてみた。彼女が私に身をもたせかける姿が見えた。そうなれば彼女を抱きしめてやれ、二人の距離はなくなり、あなたのことならわかっているよと、ささやいてやれる。私も少なくともあなたと同じくらい怖がっているよと。

かわりに私はさようならの挨拶をし、彼女は私を椅子に独り残して去った。私は彼女が部屋を横切る歩数を——私が八歩のところを、彼女は九歩使った——数え、外のドアがかちりと金属質の音を立てて閉まるのを聞いた。

愛

残る面接が二〇二となった日、私はシーツと羽毛布団を汗じみた団子に丸めて壁に押しつけ、暑くて赤いポツポツだらけのからだで目覚めた。カウントダウンは夢の中まで追いかけてきて、そこで私は患者全員も自分自身も死なせずに救おうと、闇雲に走り回っていた。その後シャワー室にどれほど長くいても、忙しさの感覚は流しきれなかった。まもなく全てが片付く。そしてその先は？　私は本当に、彼ら全員を救うために自分の力のありったけを注ぎ尽くしたのだろうか。

クリニックにたどりつくと、一瞬戸口に立ち止まってから、足を踏み入れた。妙な匂いがしていないか？　冷蔵庫で使い忘れた何かが奥のほうで溶けてべたべたの水たまりになっていたり、ゴミバケツを放置していた時のような匂いが？　私はまるで気の回らない人間だが、これまではマダム・シューリューグが掃除をし、洗面所のタオルを替えてくれ、しょっちゅう花を買ってそこら中の花びんに生けてくれていた。彼女がいないとクリニックは私のまわりでゆっくりと、だが確実に崩壊していく。患者たちは、正しい遠近法を心得た人間にだけ作れる、複雑なパターンに合わせたように、ソファー上で位置を変える。私はトマを思った。二人で会った時、私たちの間には一種のオープンさがあって、それこそが、できれば自分のセラピーに取り入れたいものだった。死の力に押され、いくつもの接目《つぎめ》を飛び越えて本質に直接到達した、という感じだったが、果たして死の仲介がなくても、そんなことは可能なのだろうか。

マダム・オリーブが愛という概念を連想してみる間、私は考え続けた。ある人間が別の人間に金を払って話を聞いてもらう診察室、病気だと診断された患者と治療する私のいるこの診察室で、成熟した関係を創るなど、全く不可能ではないか。

「私が夫に感じているのは、実のところ愛だと思えません」マダム・オリーブが訴える声が聞こえる。「それなのに私たちは愛していると言い合う。人は口では何とでも言えますね」

「むむ」私はうなった。

「とは言うものの、一人になるくらいなら、彼と一緒のほうがまだましです。きっとそこには意味があるのでしょう」

私は再び意味のないあいづちを打ちながら、それは単に彼女が一人でいるのを恐れているだけではないかと考えた。

「ひょっとして」マダム・オリーブはため息をついた。「もしも私が夫をもう少し深く愛せさえすれば、毎日銀器を磨かなくても済むのかもしれません」

我慢できなくなって私は笑いだした。「そんなことを言ってはいけません、マダム。それよりご自身にもう少し愛情を持てるよう努力すべきです」

マダム・オリーブは驚いたように微笑んだ。

「そんな見方をしたことなど、一度もありませんでしたわ、先生」


夕方の六時まで、午前中四人、午後も四人の患者と面接したが、私は疲れなかった。それどころか踊りだしたいぐらいで、老骨をひっこ抜き、もう一度精力的な若者に変身するチャンスに恵まれたかった。こんなことを言うと、すさまじく陳腐に思われそうだが、本当に一廉の人間になりたくてわくわくしていた。

妙に落ち着かず、家に帰る気も起こらずに、私はうろうろとクリニック内を徘徊した。まずは待合室を壁ぞいに移動し、美しいデスクを指で軽くなぞりながらマダム・シューリューグの持ち場を通過し、私専用の診察室に戻った。私はこの場所を心から愛している。初めて自分のもの、そして恐らくは得意なものを見つけたのが、ここなのだ。なぜここを手放す気になったのだ？　私が単に怠惰なせいか、それともとんでもなく傲慢が過ぎて、他人の不幸にうんざりし始めたからなのか？

　私は窓辺に歩み寄り、ひと気のない街路を眺めた。窓枠の冷たい木材を手のひらに感じながら、つま先立ったりかかとを下ろしたりしてみる。それから前のめりになって窓に額を付けた。ガラスに肌を押し付けた場所に、血がどくどく流れる様子がわかった。

決意

時刻は朝の七時三五分で、空は頭上高く広がるアイスブルーの平原だった。ぴしりとアイロンのかかった制服を着、髪を水でなで付けた一団の子供が、誰が道から押し出されずにいられるかを競ってふざけあっている。きっと街の反対側にあるサン・ポール校に向かう途中で、ついさっき行ってらっしゃいのキスをした母親たちの一部は、間違いなくここ数年うちのソファーを訪れた人たちだろう。突然澄んだ子供の声が、真後ろで響いた。

「おはようございます、先生」

四番地のあの女の子だ。足を引きずるような不良少年みたいなステップで、踊るように私の横を通り過ぎて行き、挨拶を返す間も与えず、背負ったかばんを上下に揺らしながら、あっという間に遥か道の先に行ってしまった。


道の突きあたりにクリニックが見えたとたん、マダム・シューリュージュがまだ復帰していないことがわかった。空虚さがレンガ壁からあたかも輝き出ているようだ。隅々まで孤独だ、と思ったが、実は自分ひとりの孤独かも知れず、よくわからない。

一日が終わり、秘書のデスクの隅にカルテを八人分、とりあえず並べていた時、ある決意が心にすとんと落ちた。昨夜のある時点で生まれたその思いつきに従い、患者の一人の夫が経営する花屋に足を止め、親切なその男に、名も知らぬ花を組み合わせて花束を作ってもらった。そのまま勢いでパヴィヨン通りに向かい、満員でむっと臭いのこもる三一番のバスに乗った。

バスの中でマダム・シューリューグとの最初の出会いに思いを馳せた。彼女は私が地方紙に載せた求人広告に応募してきたのだった。広告を出したのは、クリニックで医師と総合事務職を両立させるのが、自分には無理だと気づいたからだ。丸一日かけて面接を行ったが、最初の応募者三人で、早くも諦めかけていた。一緒に働いても我慢できそうな人などとても見つかりそうになかった。

そこに彼女が現れた。長いスカートに合う上着を隙なく着こなし、髪はきつく後ろにひっつめて団子にしてあった。以来それ以外の髪型は見たことがない。なぜかかなりはっきりと、茶色の革靴も思い出した。角ばった低いヒールとバックルがついていて、雇って以来少なくとも五年履いていた。

口述でタイプを打たせると、速くてミスタイプがなかった。その後職歴について聞いてみた。

「一二歳の時から父の店を手伝い、経理と、父が仕入先や顧客に出す手紙の清書とが私の担当でした。一九歳の時に弁護士の先生に雇われて、それ以後ずっとスケジュール調整、事務仕事全般、書類整理などをしてきました」

彼女はきちんと折りたたんだ紙を差し出した。開くと彼女の仕事を賞賛する推薦文が書いてあった。

「どうぞいつでも、こちらに私の仕事ぶりについてお問い合わせいただいてかまいません」

翌日私は、当時マドモアゼル・ビヌーだったマダム・シューリューグに、彼女を採用した旨を告げた。

玄関ゲートに鉄製の12の数字をつけた赤い建物が目に入ったとたん、バスが前を通り過ぎたので、私は自分でも驚いたほどの大声で、降ろしてくれ、と運転手にどなった。ぎゅう詰めの人体から解放されてほっとし、外に出たところで私は熱に浮かされたように手のひらをズボンでぬぐった。

雇用後数年経ってから、マダム・シューリューグが前の雇い主として挙げた、弁護士のムッシュ・ボヌヴィーに連絡をとってみた。当時は貸し物件だったクリニック購入の可能性を相談したかったのだ。そしてかつての彼の秘書を褒めあげた私に、その名前は一度も聞いたことがないと彼が答えた時、私はどんなに驚いたことか。マダム・シューリューグにそのことは一言も告げていない。仕事ぶりは文句なしだったし、実は彼女の隠された部分を知ったことで、特別な喜びを感じたのだ。これは秘密だ。我々の、それと同時に私だけの。彼女のハッタリは、それまで以上に彼女への敬意を深めただけだった。

「こんにちは、マダム」

私はお辞儀をして、帽子を持ち上げたが、何も考えない思いつきの訪問だったので、どうすればいいのかとたんにわからなくなった。マダム・シューリューグが私が何者か忘れ果てたように見つめているので、私は重心の脚を左右交互に変えながら、おぼつかなげに咳払いした。彼女のあまりの変わり様がショックだった。体重がかなり落ちたに違いなく、髪の乱れた団子から、これまでは気づかなかった灰色の髪がぴこぴこと突っ立っている。

その時湿った手に握りしめていた花束を思い出し、以前ならステッキを差し出した手つきで、花を差し出した。恐らく彼女も昔の習慣にならったらしく、花束を受け取り、そのおかげでどうやら人間らしさを思い出したようだった。

「ありがとうございます、先生。すぐに水に生けておかないと」彼女は言うと一歩脇にどき、ドアを開けた。「お入りになりますか？」

コーヒー

「あなたがいないので、私は今にもぷちんと音を立てて切れそうですよ」バスの中で思いついたせりふから、私は会話に入った。そしてあっという間にカルテが全部彼女の机に出しっぱなしになったこと、大部分の患者が彼女のことを尋ね、よろしくと言っているなど、様子を伝えた。

「お心遣いいいたみいります」マダムは弱々しく微笑んだ。「でも、先生、棚のいつもの位置にカルテを分類しておくのが、どうしてそんなに大変なんでしょうかしら！」たしなめられるのは気分が良かった。マダム・シューリューグの頬は、話すうちに少し赤みを帯びた。

「先生のもとで、お休みもろくに取らずに三〇年余りお仕事をしてきました。ようやくお暇をいただいたとたんに、ほころびが出始めるなんて……」

彼女は素早く口元をぬぐった。私たちはしばし座ったまま黙り込んだ。それから彼女がやにわに立ち上がった。

「コーヒーでも？」

私は立ち働く彼女を見守った。動きはクリニックでより緩慢で、しかも効率が悪くなっているようであり、悲しくなると同時に、そんな彼女を見られる特別な栄誉にあずかったような気分になった。

「またいらしてくださるなんて、本当にご親切に」背中をこちらに向けたまま、彼女は不意に言った。「先日のご訪問で、トマはとても励まされまして、あれ以来少し落ち着いたように思います」

「それは喜ばしいことです」私は言いながら、首を振った。「ですが、ほとんどあの方が私を助けてくださったようなものです。今日のお加減はいかがですか？」

「さっき眠ったばかりです」彼女は答え、盆にコーヒーポットを置いた。「辛い夜でしたから。そんな夜ばかりですけど」

彼女はテーブルまで盆を運び、紙の山を片寄せると、受け皿、カップ、砂糖、クリーム入れ、コーヒーを、前に並べた。

「今回のことの始まりは、全体いつだったのですか？」私は尋ねた。マダム・シュールリュージュは抑制のきいた仕草で、何度か目の前のクロスをなでた。それからため息をついた。

「そもそもの始まりは、私がお休みをいただくより、かなり前です。トマは何か月も腹痛に苦しんでいましたが、医者に行こうとしませんでした。ようやく受診した時には、もう打つ手はないとはっきり言われたので、夫を家に連れ帰るしかありませんでした。そういうわけで、家で夫に寄り添っていようと決心しました」彼女は表情のない目を上げた。「実を言いますと、もういつ亡くなっても不思議はありませんの」

私はうなずき、目の前のテーブルに置かれた彼女の手に視線を落とした。まるで空から撃ち落とされた小鳥のようだ。

「トマさんはいい方です」そう言いながら、また言葉の足りなさを痛感していた。マダム・シューリューグはたしかトマと結婚して二〇年以上になる。今彼は私の右にある壁の向こう側で、死を迎えようとしているというのに、いい人だと言うのが私には精一杯だ。

だがマダム・シューリューグはうなずいただけで、コーヒーを二人分のカップに注ぎ、両足を手近のフットレストにきちんと載せた。

「考えられませんわ」彼女はなんだか不思議そうに言い、目を細くして私を見つめた。私は椅子で落ち着かなくからだを揺すった。

「何をですか、マダム」

「ええ、先生がいらしたことです」彼女は言うと、再び目をそらし、コーヒーに息を吹きかけて、一口すすった。「それだけなんですけど。でも、これまでそんなことがあるなんて、思いもしませんでした」

私はカップに手を伸ばし、微笑み返した。

「そうかもしれませんね」私は言った。

アガッツ X

彼女は優しい初夏の日を髪に受けながら窓辺に座り、ここに存在しない人のようだ。普通にしていると、病んでいるようにはどうしても見えない。長い間私はただ立ち尽くし、彼女を見つめていたが、ようやく我に返った。

「こんにちは、アガッツ」私は声をかけた。「お入りください」

「はい」彼女は答え、私の横を通って診察室に入った。「先生は今日は寂しそう。でもいつもそうですね。寂しいのですか、先生？」

単純な質問なのに、今まで聞いてくれた人が誰もいなかったので、みぞおちに一撃を食らったようなショックを受けた。

「そんな……」私は言いかけたが、突然のどがカラカラに乾き、つばを飲み下してようやく、続きをしゃべれるようになった。「そんなことは考えたことがありません」

「考えたことがないですって？」彼女はソファーの縁に腰を下ろし、うながすように私を見つめた。大きな目があまりにも近くにあり、目をそらさないよう必死の努力が要った。

「ええ」私は言った。

彼女は眉をひそめた。「それでは、先生、ご自分の悩みに目を向けることもなくて、どうやって他人の苦しみを癒す生き方ができるのですか？」

呪わしいほどの暑さ。窓を開けられるものならば、何もかも差し出そう。だが脚はへなへなで力なく、胸から燃えるような暑熱が広がるというのに、私は腰を下ろしたままだった。

「夜に職場から離れる間、問題を持ち帰らずにすむ一種の才能を開花させたのかもしれません」リラックスした口調に聞こえるよう願いながら私は言った。「それはともかく、アガッツ、あなた自身の調子はいかがですか？」

「答えていただけませんの？」彼女は強い口調で尋ねた。「ご自分の調子もおわかりにならずに、どうして他人のことがわかると言えるのですか？」

彼女が私としっかり目を合わせたので、私はどんどん沈み込み、そうするうち鉛筆やノートや専門書が全て消え失せ、ついには私一人が、汚れたレンズの眼鏡をかけ無精髭が伸びすぎの、七二歳にならんとする神経質な男である私が、ぽつんと取り残された。

果てしない時間が経った気がしてから、ようやく私は答えた。「確かに、そんなことを言えた義理ではないでしょう。おっしゃるとおりです」私は両腕を広げた。「私には人間が機能する仕組みなど見当もつきません。あなたのご意見は？　何もかもが茶番じゃありませんか！」

アガッツは鼻から、小馬鹿にした鼻息と笑いの中間のような息を吹き出した。「それはご謙遜ではありませんか、先生！　これまでたくさんのお医者様に診ていただきましたけど、人の話をまともに聞いてくださる方なんて、ゼロと言っていいくらいでした。先生の助言には大きな信頼をおいています」

私には何のことかわからなかった。ついさっき、私がこけおどしだということで、二人の意見が一致したのではなかったか？

「ここに来て、心から私に関心を持ってくださり、今すぐ入院しろなどと言わない方とお話し出来るだけで、大きな意味があります。おわかりになりません？」

私は首を横に振った。

「本当のことです。それでもなお、もしも先生自身が辛い思いをなさっていることも気づかずに、ご自分が心の病の専門家だと思い込んでいらっしゃるのだとしたら、私には意味がわかりません」

ようやく私は声が出せるようになった。「しかしなぜあなたは、私が辛い思いをしていると思われるのです？」

「どこからお話しすればいいかしら。先生は、秘書さんがお休みを取られて以来、おやつれになる一方です。ここには妙な匂いが漂い、診察室は散らかりっぱなしで、これは私の勘ですけれど、初めてお会いした日から、先生はずっと同じ背広を着ていらっしゃるみたい」

彼女は尖った顎に笑みを浮かべたが、さらに真面目な口調で続けた。「それにもちろん、先生の手の震えのこともあります」言われて私は、驚いてシミだらけの自分の手の甲を見つめた。「でも本心が表れているのは、先生のお顔です。笑っていても悲しんでいらっしゃる」

やれやれ、たしかにそうだろうな、と私は思った。だがだからと言って、どうすればいいのだ？　そもそも人生自体に失望させられているのに。

「なぜ私が、人に見られないこんな後ろ側に座っていると思うのですか？」主導権を完全に奪われないために、私は質問した。

「ほらね」彼女は脅すように私を指さした。「やっと真相が明らかになってきましたよ！」

私は自分のではない声で笑った。それとも笑い自体が、これまで聞いたことのないものだったのか。だがアガッツに見られていると、どこかほっとするのだった。

「あらあら、先生もちゃんと笑えるのですね」彼女は言った。「悔しいです。これじゃジュリアンにディナーを奢らなくちゃ」

泳ぐ

不安が私を待ち受けていた。アガッツが診察室を出るなり、ひたひたと足元に打ち寄せてきた。ベッドに入るのが不自然でないと言えるには、まだ恐ろしいほど早い時間であるばかりか、不安から逃れねばと考えるだけでも、くたびれるのだった。

帰り道で夕食用にパンとハムを買った。店員は奇妙なほどにぼやけて見え、輪郭をつかもうにもつかめず、脈が耳の奥でどくどく打っている。

「九〇サンチームです、お客様」

私は硬貨をいくつか手渡し、出ていこうと背を向けた。

「お客様、おつりです！」と後ろのほうで聞こえたが、私はもう歩き出していて、止まれなかった。

胸の中がキリキリして、足が意に反して自宅ではなく池へとからだを運んでいくのが、何となくわかった。アガッツ、アガッツ。頭のなかで節《ふし》をつけて音が響く。突然足の先に水が現れ、冷たいものが靴に染み込んだが、私は止まらなかった。

さらに一歩。池の底は固くそれでいてめりこみ、水はふくらはぎの半ばまで達したが、これほど癒されるものはいまだかつてなかった。冷感はズボンに染み入り、さらには皮膚を通り抜けて不安の熱源にまで達した。やがて水が腰まで届くと、私はぐいと前にのりだし、手をひとかきして、緊張に固まり汗ばんだ全身を水に飲み込ませた。

「ああああ」私はため息をついて仰向けになり、存在すら忘れていた、自由あふれる安堵感でもって、池の中央向かって泳いでいった。

些細なこと

その日最初の患者は他ならぬマダム・アルメイダで、彼女が済めば残る面接はきっかり一〇〇になることを、心に刻んだ。大柄なこのご婦人は、私の実験作戦に動転して以来ずっと面接を欠席していたので、どうやら彼女の性格を見誤っていたかと思い始めていた。ところが今日突然彼女は現れた。口は薄く苦々しげな一文字に結ばれ、靴のヒールは床を責めるように打ち、何より彼女は無言だった。

「おや、ここ数週間どうお暮らしでしたか、マダム？」私は切り出した。

彼女はむっつりと肩をすくめた。

「前回あなたには難しい課題をお出ししました。もしや進行具合を話していただけるのでしょうか」

彼女はちらとこちらを見た。

「進行などありません」

「なるほど。ですがそれも一つの結果ではあります」私はにこやかに言った。「進行などないとはどういう意味ですか?」

「だって、あんなの無理難題です。馬鹿げているったらありゃしない!」

彼女が再び私を見上げ、反抗的な子供のように下顎を突き出したので、私は笑いを嚙み殺した。

「先生はベルナールをご存じありません」彼女は続けた。「それなら先生はわたしのこともご存じないのでは、と思い始めました」

「そうですか?」

「ええ! ご存じなら、静かに過ごせなんて、絶対におっしゃらなかったはずです。私が心安らかでいられる唯一のやり方は、行動し続けることですもの」

「なるほど」私は微笑んだ。

「なるほどって何ですか?」彼女は顔をしかめた。「先生はそこにすわって、『うーん』とか『なるほど』とかおっしゃるだけで、それがいったい何の助けになるんですか?」

それについては彼女の言い分が正しいかもしれないが、だからといって今日はそう簡単に解放してやらないつもりだ。

「助けが必要な対象は何なのか、改めて教えてもらえませんか、マダム?」私は聞いた。

「まああ、それってあんまりですわ」彼女はまくしたてた。「三年も経ってから、そんなこと聞かれるなんて！」

「あなたはご自分の神経過敏を抑制するために、うちに来られたと思っていました。あなたの子供時代からあなたの息遣いに至るまで、二人で何もかも話し合ったが、成果はなかった。では合理的な次なる一歩とは、現在に焦点を当てなおし、日常の些細な問題をもう少し軽く受け止めるよう学ぶことではないかと。だがあなたはそれを拒絶された。ということで、今度は私から質問します。私の助けを求めておられるのは、一体何に対してなのですか？」

マダム・アルメイダはがっくりくずおれた。広い肩から空気が抜け、二段腹をかばうように背筋が丸まった。

「マダム、本気で治療したいと望まれるなら、方法は二つあります。その二つは繋がっているかもしれません。一つはと言うと、あらゆる些末事にこだわりすぎない努力をし、日常の義務を減らすこと。もう一つは人生に意味をもたせるものを導入することです」

彼女は耳を傾けた。見ただけでわかった。今はまだ私の言葉を理解できないかもしれないが、本気を出そうとしている。

「私が言いたいのは、これからはご自分に本当に意味のあるもの、買い物や掃除より重要なものに時間を使いなさい、ということです。あなたが幸せになれるものに。何というか」私は急いで付け加えた。「とにかく興味を感じるものに。そうすれば些細なことは全て色あせていくでしょう」

「些細なこと?」彼女は頭を垂れ、下唇を震わせて尋ねた。

「そうです」私は答えた。「あなたが必死に時間を埋めておられるあらゆることです。実際はあなたを怒らせるだけなのに。それ以上のものが、きっと何かあるはずです」

マダム・アルメイダは洟《はな》をすすった。それからためらいがちに頷くと、私を見上げた。

「先生がそうおっしゃるのは、何とも興味深いです」彼女は言った。「実は私もいつもそう思っていましたから」

片付け

その夜、これまでずっと自宅の内部が変わっていないのが、突然我慢できなくなった。周囲を見回してみると、全てがなじんだものなのに、無理強いされたそぐわない感じがした。ショックだったのは、成人以来自分が家具什器の類を一切、フォークやベッドのマットレスに至るまで、購入していなかったことだ。

何もかもが相続したか両親から贈り物としてもらったもので、まだ使えるからと、残していたのだ。

そこでまず父の絵から手を付けた。一枚ずつフックから外していき、そうしていくうち壁の色あせ具合に気づき、ますます心乱れた。

絵は全部で七枚あり、いずれの絵柄も、目を閉じると父の顔よりはっきり思い出せる。半数以上は、私の年齢より古かった。ずっとそこにかかっていて、その絵が好きかどうかも、そもそも考えたことがなかった。ついで引き出しダンスにかかった。もう何年も覗いたことがなかったので、引き出しを調べたのは、何というか好奇心からだった。両親は感傷的な人間でなく、例えば私が子供の頃にしたおかしな逸話を話してくれたりしなかった。だがある引き出しからは、私の乳歯を入れた小箱が見つかったし、父の絵画の多くには、昔から私のことだとわかっていた小さなしるしがあった。砂に色濃く残る子供の足跡、遠くの森の木の間に見える背の高い人影と低い人影。

一番下の引き出しからテーブルクロスが出てきたので、捨てるものはそこに積み上げることにした。一番上の引き出しは詰まっていたが、二、三度強く引っ張ると開いた。中に入っていたのは、父の画具だった。クレヨン、油絵の具、袋にきちんと仕舞われた絵筆、そして最後まで埋まったスケッチブックが二冊。一緒に絵を描いた時、父が私だけに使わせてくれた特別な鉛筆の箱も出てきた。

最上段の小引き出しには、母がイギリスから来仏する前の時代に両親が交わした手紙、数枚の写真、ペーパーナイフ、とうの昔に製造中止になった切手を入れた白い紙袋があった。ほとんどがゴミの山に消えた後、真ん中の引き出しから見覚えのある黒いノートが出てきて、私は有頂天になった。何年も前の遅い午後、最後の患者が退室してドアを閉めた後、納得がいかない思いでその日の面接を反省した時に使ったノートだ。耳傾ける訓練をせよ、と書いてあり、どうすればおのれの仕事に熟達できるか考え込んでいた若き日の自分を思って、静かな悔いを覚えた。人差し指で紙に記された情熱のしるしをたどっていく。文章は理想にあふれていた。よそ見をしている間に、かつての男は別人に変わってしまった。

私は同じ姿勢のまま長い間座り込み、ノートをめくっては、素晴らしい所見に喜びを感じ、特に難物の、または愛すべき患者たちを思い出したが、やがて先に進めなくなった。心が痛むばかりだった。

くたびれ果ててベッドの縁に腰を下ろし、歯を磨く余力があるだろうかと考えた。磨くのをやめてそのまま倒れこみ、足を床に置いたままベッドにあお向けに寝そべった。真夜中に痛みのあまり目覚め、何とか靴を脱いで布団にもぐりこんだ後、再び、眠りに落ちた。

翌日は筋肉痛だが不思議にリラックスした身体で目を開けた。絵がないため新鮮で空虚に見える居間で――まるで塗りつぶしてくれと願うキャンバスのようだ――朝食をとった。家を出た時は黒い袋をひきずっていた。数ブロック先のゴミ置き場に捨てるつもりだった。

一九二八年五月一二日　ノート四

優位に立つこと

患者後方の席につくのが有効だ。患者はより自由に話せ、＋絆《プラス》が深まる。夢判断についてもっと詳しく読むこと。マダム・トロンブレイの歯が抜けるネガティブな夢は、どのように解釈されるか？

自分らしく

質問は少なく抑えるようにし、患者に補完させる。開放的ないし閉鎖的質問の差について。患者を操作するのではなく、理解するために質問すること。アランは彼の目の前で溺れた妹の話をした。人はセラピーにおいて自身の悲しみにどう対処するか？　彼に感情転移をさせたくなくて、私は何も言わなかった。冷淡とプロの境界はどこなのだろう。

アラン　トラウマに到達しかけている。失くした妹、自責の念、失った母の愛情。このまま継続。

マダム・トロンブレイ　歯の件は力の喪失と捉えられるか？　不幸な結婚における無力さと？

マドモアゼル・ソフィー　未だ掘り下げ不十分。彼女は表面をスケートのようにすべっている。もう少し強く出るべきか。

ムッシュ・ローラン　強迫観念が顕著。ソファー用に私物の毛布を持ち込み、毎回途中で手を洗う。肛門期固着？

マダム・ミヌール　非常に感じが良い。感じが良すぎるほど。全く自分の意志を通さない。全て私の言いなり。現実世界における彼女自身の行動の反映か？

ムッシュ・リセトゥール　鬱。しゃべらないに等しい。何があったのか？？

アガッツ　XI

彼女に到達するまで面接六回をこなさねばならなかった。前回のセッションを頭のなかで何度も復習してみたが、正直言って何を期待するべきかわからなくなった。これまで通り続けられるのか、それとも私の軟化により、彼女からの尊敬の念をいくらか失ったのではなかろうか？

名前を呼ぶためにドアを開けると、彼女は壁によりかかって立ち、窓の外をながめていた。

「気が付かないうちに、夏になっていたんですねえ、先生」彼女は言って、私をふりかえった。「雪が降ったのはほんの数週間前だったのに、今は鮮やかな色にあふれているわ」

私は道路にちらと目をやった。たしかにそうだ。低木は活気に満ちて緑したたり、芝生の青草はみずみずしく濃い。年金生活者として飛躍する頃は、夏真っ盛りだろう。

私はアガッツの後方に座り、そわそわと待ち構えたが、向こうは数分間黙ったままだった。ようやくしゃべりだした時には、まるで、言葉をかなり前もって口の中で作り上げ、じっくり転がしてから、ようやくこちらに送り出すように聞こえた。

「私が何を恐れているか質問された日のことを覚えていますか、先生？」

「はい？」

「もしかしたらもううすうすおわかりかもしれませんが、父は私たちのからだを触りました。たいていは私を。長女でしたからね。でも妹のベロニカにも同様でした。時には父の椅子のそばを通り過ぎる私をつかまえて、逃げられないようにしました。それから触り始めます。太ももから始めて足の間へと上がり、腰からお尻をなでると、胸を、それからのど元を触ります。最後は顔でしめくくります」

彼女は辛そうにつばを飲み下した。声は平板でよそよそしく、一方両手は落ち着きなく動いていた。彼女の話を聞く内、不快感が体中に広がってきた。彼女の言うとおり、恐らくは感づいていたはずなのに、それでも怒りがこみ上げた。前にも虐待の話は耳にしたことがあったが、これはずっと狡猾で、巧みなまやかしだ。

「顔にはいつも特別時間をかけました。特に口です。大事なのは、泣かないことです。そんなことをしたらいい気にさせるから。だからこそ余計にいやでした」

見えない目を見開いて悦楽にふける父親の顔と、その両手になでまわされて硬直したアガッツの幼い身体を思って、私は顎を噛みしめた。鉛筆を握りしめすぎて痛みを覚え、手の力を抜いた。

「とても気持ちが悪くて」とアガッツは続けた。「大嫌いでした。でも母は、ごく自然なことよ、お父さんはそうやってものを見ているの、と言いました。お父さんはおまえがどんな人間かわかろうとしているのよ、と」

「それが止んだのはいつですか？」私は尋ねた。

「実を言えば止みませんでした。私が家を出ただけです。ただ回避するのは楽になりました。時が経ってようやく実家に顔を出せる頃には、いつもお客様が来ていたからです。父は一〇年前に亡くなりました」

「で、お母様は？」

「まだ実家にいます」アガッツはため息をついた。「年に一、二度訪ねますが、たいていは……」彼女は言葉を探した。「そのう、ぎくしゃくします」

「なんだかお母様も、お父様と同じように目の見えない方のように聞こえます」言いながら、声の震えが彼女の耳に届かないよう祈った。もしできることなら、私は彼女の両親を立ち直れないほど痛めつけただろう。

「母が父の行為を知っていたのは、確かです」彼女は答えた。「でも、無関心なだけだったのか、単に私が酷い目に遭うのを見たかったせいなのかは、わかりません」

突然私にはピンときた。

「アガッツ、夢の中の双眼鏡を覚えていますか？」

「はあ？」

「あの時二人ともわからなかったあの正体が、わかりませんか？」私は興奮して、彼女の方に身を乗り出した。

彼女はおずおずと口を開いた。「いえ……、どういうことでしょう？」

「つまり、あの双眼鏡はあなたの内的葛藤だったんですよ！　もうほとんどどなっていたが、夢中になってやめられなかった。「あなたは何より見られることを望んでいる。さもなければ、あなたは存在しないからです。お父様が両手で〝見た〟ものを、あなたは憎むようになった。そしてお母様は、あなたが目の前で壊れていくのに、何の手も打たなかった。わかりませんか？　あなたのご両親は、あなたを透明人間にしてしまったのです！」

頭のなかで血が沸き返った。私には新たに、追い詰められた表情を浮かべてあの白い家の椅子の端に座る、アガッツの姿が見えた。

彼女の声はか細かった。息を止めているような口調で彼女は尋ねた。「でも、じゃあ、それはどういう意味？」

　非常に単純な質問だった。答えながら私は、退職までに七一回、アガッツとはたった六回しか面接がないのだと痛感していた。これまではいつも多すぎると思っていた回数が、突然恐ろしく少なく感じられた。

「自分を直視することを学べ、という意味ですよ、アガッツ」

印象／背景

葬儀が行われたのは日曜日の午前だった。マダム・シューリューグが郵便で正式な招待状を送ってきたので、私には欠席するうまい理由が思いつけなかった。

というわけで私は太陽に照らされ、防虫剤の匂いのする黒い喪服姿で、手汗をかいて立っていた。人々がそそくさと教会に入っていく。我が両親が結婚式を上げ埋葬されたのと同じ教会に。大多数は黒っぽい身なりをして沈痛な表情を浮かべた年配の人々で、その多くはただの顔見知りでしかないのに、私に挨拶してくれた。

両親の葬儀でも同じ経験をしたものだ。同情にあふれる握手、私が何とか隠しておきたい心の内を、引き出そうとする視線を思い出す。死というものがおわかりですか？

ようやくマダム・シューリューグが現れて、私の前で一瞬足を止めた。私は握手の手を差し出した。

「ご愁傷さまです」

マダムは手を握り、うなずいた。以前会った時よりさらにやせていたが、私と合わせた目は穏やかだった。

「ありがとうございます」彼女は言った。

彼女の足が小道の、教会のすぐ手前の砂利を踏みしめた時、ほんの一瞬、私はある映像を停止させた。白い教会を前にした黒服の女の映像を。彼女が観音開きの扉に足を踏み入れると、黒は黒の世界に溶けた。

私は秘書に続いて教会に入り、聖歌隊席の下の、つるつるにすり減った木のベンチに腰かけた。教会内部は涼しく、石と木とロウソク特有の乾いた匂いが、外部の湿度の高い暑熱をさえぎっていた。徐々に他の匂いも加わった。ご婦人方の香水、男たちのヘアトニック、百合の花のむせかえるような香り。

いったいマダム・シューリューグは、この後クリニックに復帰して、最後の仕事を支えてくれるのだろうか。訪問の際には気が引けてその話し合いをしなかったが、退職まであと一週間半しかなく、やはりあの時に全て手配しておくべきだった。最後に残った患者たちは治療を終わりにするか他の専門家に紹介し、カルテ類は申し送りないしは保管しなければならないのに、クリニックの新オーナーとの契約もまだ成立していなかった。これらは彼女がいなければ無理な作業だ。

再び葬儀に気持ちを集中させようと努めた。教会前部の壇上に、天鵞絨《ビロード》の縁取りをした棺が置かれている。あの中で彼はどのような姿をしているのだろう。最後は安らかに解放されて逝ったのだろうか？　そうだろうと心の中の何かが告げた。

牧師の説教に賛美歌が四曲。式次第の間ずっと留まった。とはいえ喉の痛みが甚だしくて斉唱に加われない上に、花の香りはどんよりと重苦しくなってくる。まるで眼の奥に疼痛のように張り付き、皮膚の下まで食い込むようだ。ぴしりとした喪服姿の八人の男たちがトマを運び出そうとした時、私の中で何かが折れた。

喉から嗚咽がこみ上げ、自分の顔がくしゃくしゃになるのを感じた。とっさに両手でおおったものの、涙はとめどなく、漏れ出ようとする耳障りな音を抑えるために、親指をきつく嚙む体たらくだった。

肩にかかる腕の重みを感じて、私はびくりとひきつった。振り払いたい衝動にかられたが、身動《みじろ》ぎもしなかった。自分でも驚いたことに、固い教会のベンチで見知らぬ人の腕に抱かれながら、私は泣いた。

お近づき

葬儀翌日の退勤後、私は食料品店「ル・グルマン」にケーキの材料を買いに行った。

店に入ってカゴを手にして初めて、何から始めればいいかもわからないことに気づいた。

幸いカウンターの向こうで、頭に青い水玉模様のスカーフを巻いた若い娘さんが飴玉をびんに詰めていたので、そちらに向かって咳払いをした。

「お忙しいところすみません。申し訳ないが、ケーキの焼き方を教えていただけないでしょうか？」

娘さんは声を上げて笑い、深いエクボを二つ見せた。

「はい、よろしいですよ。どんなケーキを焼こうとお考えですか？」

「うまく言えないのですが」私は言った。「りんごを使ったもの、かな？」

「りんごのケーキですね。かしこまりました。どうかこちらへ」

そして彼女は棚の間を縫っていった。小麦粉、砂糖、バター一箱を手に取り、シナモンスティックの匂いをかがせ、大きな茶色の卵を私が持つカゴに入れた。

「りんごはこちらです」娘さんは様々な果物や野菜を盛った大カゴの方を示した。「カルダモンはおうちにありますか？」

「恥ずかしながらパンが少しと古いチーズしかありません」

娘さんはまた笑った。「ではそろそろストックの幅を少し広げていただく機会ですね」

彼女は他の品揃えに協力してくれながら、父親が毎朝この店に産みたて卵を届けていること、私が焼くはずのケーキは、料理の腕前をあまねく知られていた、今は亡き祖母のレシピを元にしていること、を話してくれた。

「どなたに焼いて差し上げるんですか？」

「お近づきの印、とでも言いますかね」私が説明すると、彼女はまるでそれが、世界一当然な理由だとでも言いたげにうなずいてくれた。

材料全てが茶色の紙袋に収まったので、私は繰り返し礼を言った。

「どういたしまして」娘さんは微笑んだ。「何か紙をお持ちですか？」

常にかばんに入れている鉛筆とメモ用紙を手渡すと、彼女は書き始めた。

「それから召し上がる前にしっかりと冷ましてくださいね。それでお近づきの用意が完了です」

辺りは粉だらけになった。泡だて器を持っていなかったので、それこそ必死にかき混ぜたのだが、ダマを一つ残らずつぶすのなど、とうてい無理に思えた。それでも何とか作業を終え、母の古いローストパンで、くし形に切ったりんごが渦巻き模様に美しく並んだケーキが、良い香りに丸く焼きあがると、嬉しさを抑えきれないほどだった。

玄関ベルを鳴らした時、胸はどくんどくん搏っていた。ドアが開いた。私を見て仰天したとしても、隣人はうまく隠していた。

「こんにちは」私は口を大げさに動かして、言った。「ケーキを焼きました」包みにうなずいてみせ、彼に向かって差し出した。

ここでようやく、まともに隣人の顔を見た。六〇代ぐらいか、と見当をつける。私より心持ちふっくらしている。洗いざらしたモーニングガウンを羽織り、髪は乱れたごま塩で、紐でビン底眼鏡を首から下げていた。新聞を読んでいたところを邪魔されたのかもしれない。

彼が立ちすくんで当惑げに目をパチクリさせているので、私は大声で叫んだ。「ケーキ！」さっきと同じに、口を大きく動かした。

彼はとまどいながらほの温かい包みを受け取り、匂いをかぐように顔の前に持ち上げた。

くたびれた顔に驚きの表情が広がる。それから彼は片手をゆっくりと左の胸元に上げ、はっきりした「ありがとう」の形に唇を動かした。突き出た腹と耳からはみ出す毛の房に気づき、えらくしょぼたれて見えるなとふと思った。

あなたは実在するんだね、と言えるなら言いたかった。あなたがピアノを弾く時、私は耳を傾けているよ、壁のすぐ向こうで。

けれどもかわりに私はうなずいて、ぎこちなく手を上げて挨拶しただけだった。「どういたしまして。ではまた！」

自分の家の門に戻った時に振り返ってみた。やっぱりだ。向こうの玄関口にはまだケーキを抱きしめた隣人が立っていて、挨拶代わりに手を上げていたのだった。

りんごのケーキ

鍋でバター1箱分を全量近く溶かす――焦がさぬように注意！

砂糖をたっぷり2カップ分加え、白っぽくなるまでよく混ぜ合わす。混ぜながら卵4個を加える。

小麦粉4カップ、塩ほんの少々、重曹小さじ1をボウルに入れてよく混ぜる。カルダモン少々を加え、シナモンスティックとバニラスティック数本を砕く。そのスパイスを十分と思うまで混ぜこむ。好みでミルクを少々加えてもよい。

全部の材料を十分に混ぜれば、はい、ケーキだねの出来上がり。焼き皿にバターを塗りつけ、たねを流しこみ、皮をむいてくし形に切ったりんごをしっかり差しこむ。最後に砂糖少々を全体にふる。

180度に温めたオーブンで、少なくとも45分焼く。30分以上冷ましてからいただく。

どうぞ召し上がれ！

ホーム

　ある朝私は暖かい羽毛布団にくるまりながら、天井のヒビが作る繊細な網模様を見上げ、頭のなかで今日一日の予習をしていた。患者五人と面接の予定なのだが、今この瞬間残り何回かを数えていないことに、ふと気づいた。

　台所に入って薬缶でお湯を沸かす。引き出しからルバーブ茶の袋を出し、匂いをかいでみて、茶こしに黒い茶葉を入れた。隣人は目覚めている。向こうも湯を沸かしていた。少しすると彼の薬缶の特徴的な笛音が壁越しに聞こえたのだ。それから私は茶葉を捨て、カップにミルクを注ぎ、キッチンテーブルでそそくさと朝食を済ませた。その間、耳の聞こえない男がいったいなぜピアノを弾くのか、その訳を考えた。昔は聞こえたのではないだろうか。いつか尋ねてみなければなるまい。その勇気が出れば。

「お早うございます、先生」

彼女に会えてあまりに嬉しかったので、生まれて初めて秘書の肩を抱く真似事までしてしまった。

「戻ってくださって、ほんとうに嬉しい」大声で言って、肩から手を放した。「戻ってくださったんですよね？」

マダム・シューリューグがはにかんだ微笑みを浮かべる様子は、まるで初めてお世辞を言われたうら若い乙女のようだった。

「はい。もちろんですわ」彼女は答えた。「もう家ですることもありませんので、そろそろと思いまして」

それから彼女はステッキを受け取り――コートは、私にすら暑すぎる季節になっていたので――私は棚に帽子を載せた。

「予定表に新しい患者さんの名前を書かせていただきました」自分の席に戻りながら、彼女がさりげなく言った。

「新しい患者ですって？」私は彼女の背に向かって呼びかけた。「そんな！　それはいけません」

「あらまあ」彼女は言うと、こちらに向き直った。「先生たらまさか、本当に引退なさるなんておつもりじゃありませんわよね」

じろりと睨まれて、私はとまどった。退職した後時間をどう使えばいいか、今もってぴったりの答えが見つかっていなかったのだ。カウントダウンはゴールでしかなく、さてその先はというと？　からっぽの鏡だ。

それでも自分の主義からすれば、そう簡単に彼女が正しいと認めるわけに行かない。私はとがめるそぶりの目つきで彼女を見て、言った。

「そういう決定を下す前には一言相談してもらいたいものですね、マダム・シューリューグ。おわかりのはずだ。そんな単純なものじゃない」

だが彼女はどこ吹く風という顔つきだった。

「その件は検討して、午後に返事しましょう」答えると、我が秘書はそれが気に入ったらしく、見えるか見えない程度に口元をぴくりと上げ、うなずいていつもの玉座に鎮座ましました。

大きなデスクには細部まで整った秩序が再現され、マダム・シューリューグは目の前の書類にひたと目を据えたまま、猛然たるスピードでタイプを叩き始めた。

アガッツ　XII

彼女は私の前方約一五メートルを歩いている。影もささない猛暑日だというのに、頭の天辺から足先まで黒ずくめで、髪に巻いた細い黄色のリボンだけが際立っている。彼女に魔力があるとは思っていたが、それをもう隠す気はないのだろう。

彼女が速足でしゃきしゃきと歩くので、私のくたびれた老いぼれ足ではついていくだけで大変だ。ところが彼女は突然ぴたりと足を止め、くるりと振り返った。私も止まった。太陽が汗びっしょりのシャツの背中を炙《あぶ》り、私は思った。ああ、ばれてしまった。もうおしまいだ。セラピーと実生活を混同してはいけないのは、誰もが知っている。かのユングがどうなったか、見ればいい。

彼女が立ち止まったのは、ブールヴァール・ド・レーヌの例のカフェの前で、ついでガラス扉を押し開けようという風に片手をのばし、もう片手で太陽を遮った。歩道の我々二人の間には何人もの人がいて、前回私が彼女から身を隠した公園では、賑やかな噴水が吹き上げているというのに、彼女の声はひどくはっきりと私まで届いた。まるで私の耳が彼女の周波数に合わせて調整されているようだった。

「ねえ、先生」彼女はカフェに向かって、軽く首を傾けてみせた。「ご一緒しません？」

訳者あとがき

小説を、安易にジャンル分けして理解したような気分になってはいけないと、考えている。小説や物語は、全て一つの「お話」なのだから。とはいえ、何らかの先入観を持つほうが物語世界に入りやすいのは確かだ。凡人の身としては、読む取っ掛かりがほしい。登場人物への共感がほしい。

　ところがそこが、きわめて茫洋としているのだ、この物語は。何しろ主人公に名前がない。わかっているのは七二歳を目前にしたフランス人の精神分析医であることだけ。半年後に引退予定のベテランで、さぞや人生の達人だろうと思いきや、子供の頃から同年代と関わった経験がほとんどなく、今も友人と言える人がいない。一九四八年現在で五〇年も分析医をしているのだから、進取の気性に富んで積極的な生き方をしていそうなのに、これまでパリの外に出たこともないらしい。起床から就寝まで毎日判で押したような同じ生活を送っている。そんなことできるものだろうか？

不思議だができているらしい。なぜなら彼にとっての現実世界はクリニックの建物と自宅の中だけで、他はみな非現実に等しいからだ。街を行き交う人も書割に等しく、彼の眼と耳を通り過ぎて行く。患者たちやたった一人の秘書までも、クリニックを出てしまえば影のような存在となる。訪れる人もいない自宅で彼は常に突然死の恐怖に怯えながらも、一人でいる暮らしにしがみついている。フランス人て、もっと社交的でおしゃべりな人種でなかったっけ。こういう北欧人なら苦労せずに思い浮かぶのだが。

さて退職までの残りのセッション回を指折り数えて待ち望むある日、突然彼を頼って見知らぬドイツ人女性が現れ、治療を求める。ここも不思議なのだが、計算上一八七六年生まれの彼は、自国が参戦国だった第一次、第二次の二つの大戦を経験しているはずなのに、何の感想も先入観もなく、敵国人だった彼女を患者として受け入れる。この人はひょっとしたら、戦争のない平和な並行世界にいるのだろうか。とにかく焼きりんごの香りを漂わせるその女性は、ずっと凪続きだった分析医の心を波立たせ、他の患者に対する態度も変えさせていく。そこまで来て、つかみどころがなくて捨て鉢になっていた訳者も、これはラブストーリーかもしれない、と考える。女性は外界においても、医師にとってのリアルと化していき、最後にきらきら光る現実となった彼女は、医師に手を差し伸べて現実界に招致し、彼を非現実から踏み出させる。ほら、ラブストーリーですよね？　ね？？

ところでヒロインの名前Agatheは、デンマークの赤ちゃん名づけ辞典によれば、ギリシャ起源で「善きもの」という意味だそうだ。西暦二五一年に殉教した同名の聖女がいる。同じ綴りでフランスではアガッツ（最後の音はサイレントに近い）と読み、ドイツではアガーテと読むことが、本作での一つのポイントになっている。医師はフランス人だからヒロインをずっとアガッツと読んでいたが、ある時彼女がしゃべるドイツ語を聞いた時、自分の呼び方は気に入られていなかったのでは？　と、はっと気づく。それ以後も医師は彼女をアガッツと呼び続けるのだが、実は地の文、つまり心の中ではアガーテと呼んでいたのではなかろうか。綴りは全てAgatheで、デンマーク人読者はずっとデンマーク風に「アガーテ」と読んでいたはずだが、カタカナ表記はそういうわけにいかない。再校終了後になって書き分けるべきではないかと悩んだ。結局それは訳者の越権行為だと思い直したのだが、今も心のどこかにひっかかっている。

本書『余生と厭世』*Agathe*（二〇一七年）は、アネ・カトリーネ・ボーマンの初めての小説作品だ。コペンハーゲン郊外のヒレロズで、彼女は一人っ子状態で育った。両親の前の結婚で半分血の繋がったきょうだいが四人いるが、一緒に暮らしたことはないという。

幼い頃から両親に多数の本を読み聞かせてもらい、自身も本の虫だった。作家になる夢はあったものの、特別な才能がないと思い込み、一旦は諦めた。だが十代で再び夢を追おうと決心しなおした。一五歳で処女詩集『宿なし』*Hjemløs*（一九九九年）、二〇歳の時第二詩集『落下』*Fald*（二〇〇四年）を出版したが、その後しばらく執筆から遠ざかり、コペンハーゲン大学で二〇一一年まで心理学を専攻した。学業と平行して熱中したのが卓球で、なんと一二回もデンマーク代表となった。名無しの分析医の住所ロゼット通り九番地は、フランス遠征の際に滞在した家のものである。

本作を書き始めたのは大学卒業後臨床心理士になってからだが、フルタイムの仕事だったため一向に進まず、本格的に執筆に専念したのは二〇一六年にパートナーが奨学金を得てアムステルダムで過ごした時である。仕事から解放された彼女は、『余生と厭世』を書き上げ、次作のヤングアダルト小説『誰も知らないこと』*Hvad ingen ved*（二〇一九年）と心理学の専門書のシノプシスも作成した。現在はコペンハーゲン中心部でパートナーと犬のカミュと暮らし、作家と臨床心理士の二足のわらじを履いている。新作は心理学を絡めたスリラー小説だそうだ。

舞台がフランスなので、固有名詞の読み方ほか自信のない部分が多々あり、在仏の妹にアドバイスしてもらった。ヨーコちゃん、ありがとね。もしも医師がお隣さんに贈ったりんごケーキを実際に焼きたい方が読者におられましたら、バター一パックは二五〇グラムだそうです。

アプローチしにくい主人公だったが、初心《うぶ》でいい人だろうと思う。でもお近づきになりたいかと聞かれたら、遠慮するかも。ともかく少し変わったラブストーリーをお楽しみいただければ幸いです。

どうも数字表記の統一能力がないらしく、校閲の方と編集の堀川夢さんには余計なお手数をかけてしまい、申し訳ありませんでした。ありがとうございました。

二〇二〇年春

訳者略歴　大阪外国語大学デンマーク語学科卒，デンマーク語翻訳家　訳書『秘密が見える目の少女』『ディナの秘密の首かざり』リーネ・コーバベル，『楽園の世捨て人』トーマス・リュダール（以上早川書房刊）他多数

余生《よせい》と厭世《えんせい》

2020年6月20日　初版印刷
2020年6月25日　初版発行

著者　アネ・カトリーネ・ボーマン

訳者　木村由利子《きむらゆりこ》

発行者　早川　浩

発行所　株式会社早川書房
東京都千代田区神田多町2－2
電話　03－3252－3111
振替　00160－3－47799
https://www.hayakawa-online.co.jp

印刷所　星野精版印刷株式会社
製本所　大口製本印刷株式会社

Printed and bound in Japan

ISBN978-4-15-209950-1 C0097

乱丁・落丁本は小社制作部宛お送り下さい。
送料小社負担にてお取りかえいたします。